Edith Polkehn:

Schwarz-weiße Zeiten

Herstellung und Verlag:
BoD – Books on Demand, Norderstedt
ISBN 978-3-7322-9332-2

Edith Polkehn

Schwarz-weiße Zeiten

Eine Kindheit in den Fünfzigerjahren

Danke

Danke an meinen Sohn Fabian, der mich so computerfähig gemacht hat, dass ich dieses Buchalleine schaffte.

*

Danke an meine Tochter Kathrin, die beim Probelesen ihre eigenen Gedanken an meine Geschichten anhängte und mir positives Feedback gab.

*

Danke an meinen Mann Norbert, der wegen dieses Buches oft geduldig auf mich verzichtet und mir viele Cappuccinos gemacht hat.

*

Danke an meine Schwestern, die ein Tagebuch für mich führten und durch die manche Erinnerungen lebendig blieben.

*

Und last, but not least: Danke an Maria, die mich zum Schreiben ermuntert hat!

*

Vorwort

Ein bisschen verrückt war ich immer schon, aber nur ein ganz, ganz kleines bisschen.

Doch dass ich irgendwann einmal meine „Memoiren" schreiben würde, daran hatte ich nie gedacht. Mein Leben war doch ganz „normal" verlaufen, was gab es da schon Außergewöhnliches? Nichts!

Als meine Kinder klein waren, erzählte ich ihnen oft von früher. Mein Sohn Fabian - er war wohl vier oder fünf Jahre alt - sah im Fernsehen einen uralten schwarz-weißen Stummfilm und wollte wissen, warum der Film sich so von den anderen bunten Sendungen unterschied. Ich erklärte ihm, dass ganz, ganz früher die Filme nicht farbig, sondern schwarz-weiß gedreht wurden und dass ganz, ganz früher vieles anders war. Das interessierte ihn brennend und er lauschte gebannt meinen Geschichten. Abends, beim Zu-Bett-gehen bat er dann oftmals: „Mama, erzähl mir von früher, als alles noch schwarz-weiß war!" Das habe ich dann schmunzelnd getan.

Nun will ich ein paar meiner persönlichen Geschichten aus den „schwarz-weißen Zeiten" aufschreiben, sie festhalten, vielleicht will sie ja doch jemand lesen. Vielleicht werden dabei deine eigenen Erlebnisse und Erinnerungen wach. Das wäre doch schön, oder?

Inhaltsverzeichnis

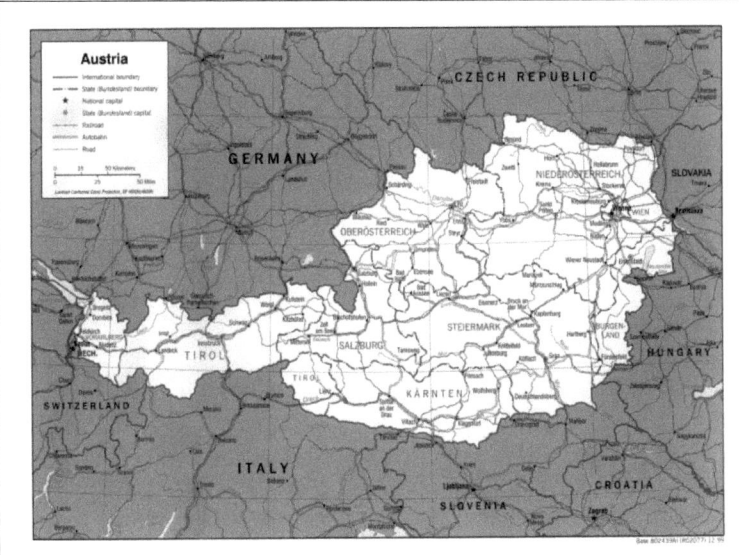

In Liebe für meine Familie,
damit ihr mich richtig kennen lernt

Die Knopfschatulle

Meine Kindernachmittage zogen sich manchmal, besonders bei Regenwetter, endlos in die Länge. Die Hausaufgaben, die ich als Grundschülerin erledigen musste, waren schnell getan. Meine beiden großen Schwestern waren schon ziemlich selbstständig, entweder im Studium oder im Beruf. Meine Mutter arbeitete ganztags und ich war der Obhut meiner Großmutter anvertraut, die bei uns in der Mietswohnung lebte. Wenn das Regenwetter oder die langen Wintermonate das Spielen draußen einschränkten, musste man sich als Kind mit allerhand fantasievollen oder praktischen Dingen beschäftigen. Fernsehen gab es wohl, aber das Kinderprogramm begann erst um 17 Uhr und da kam Mutti von der Arbeit nachhause. So wurden entweder Spiele ausgedacht oder ich schloss mich den Beschäftigungen meiner Großmutter an, zu der ich eine enge Beziehung hatte.

Für mich war es ganz selbstverständlich, dass ich in Ermangelung eines eigenen Zimmer im Doppelbett neben Oma schlief, jedenfalls so lange, bis meine beiden Schwestern das Haus verlassen hatten und ich ihr Zimmer haben konnte. Vielleicht gerade wegen der engen Wohnverhältnisse und der jahrelangen Nähe fühlte ich mich stets in Omas Zimmer besonders wohl. Zwei „Kleiderkästen" standen an einer Wand, die mir als Kind so gut gefielen, denn in das braune Holz war ein Muster eingeschnitzt. Die Mitte des Zimmers füllte das Doppelbett, dessen Kopfende mit der gleichen geschnitzten Bordüre verziert war. Dann kam die „Psyche", ein Möbelstück, das man hierzulande als Frisierkommode bezeichnet. Auf der Ablage stand ein Fläschchen, mit einem Schlauch und einem kleinen Gummiballon, ein mit Haarwasser gefüllter Zerstäuber. Sonntags wurden meine Haare damit besprüht, etwas ganz Besonderes! Neben dem Fenster stand Omas Nähmaschine, daneben der alte „Diwan", der zerschlissen und deswegen mit Decken abgedeckt war. Darauf lagen die angefangenen Kleidungsstücke, die Oma nähte.

Ihr ganzes Leben lang hat sie für sich genäht, aber auch für uns Kinder wurden anfangs aus aufgetrennten anderen Stücken neue Sachen angefertigt. Der wirtschaftliche Aufschwung erlaubte es dann, neue Stoffe im Geschäft auszusuchen. Ein Vergnügen, das ich sehr genoss! Als wir im Teenageralter keine selbstgenähten Sachen mehr anziehen wollten oder auch bereits selber zu nähen angefangen hatten, beschränkte sich Omas Nähkunst auf ihre eigene Garderobe. Ich glaube, sie trug nie ein gekauftes Kleid.

Als Kind saß ich mit verschränkten Beinen oft auf Omas Diwan und lauschte dem Rattern der Nähmaschine. In der heimeligen Atmosphäre fanden Gespräche statt und man fühlte einander nahe. Ganz nebenbei wurde ich sinnvoll beschäftigt, damit Oma ungestört arbeiten konnte: Ich durfte die Fadenrollen aufrollen und farbgerecht in der Schachtel sortieren. Ich bekam Nähnadel und Faden, lernte einzufädeln, beherrschte noch vor dem Lesen den gezwirbelten Schneiderknoten am Fadenende, nähte Puppendeckchen, schnitt Stoffreste zu und lernte auch bald, einen Schnittmusterbogen zu lesen, einen Schnitt auf Zeitungspapier zu übertragen und auszuschneiden. Ich machte mich bei Oma nützlich, indem ich bei der alten Singernähmaschine den Faden durchs Nadelöhr zog. Omas Augenlicht ließ allmählich nach und ich hatte das Gefühl, dass meine Hilfstätigkeit wirklich gebraucht wurde. Auch zum Saumabstecken, zum Betrachten der Passform von hinten und als modische Beraterin war ich schon früh gefordert. Ich weiß noch, dass ich oft nach der Farbe gefragt wurde: „Edith, ist das ein blauer oder ein schwarzer Faden?" Ich dachte, für das Gelingen der Näharbeiten spielte ich eine entscheidende Rolle.

Meine liebste Beschäftigung war es allerdings, in der „Knopfschatulle" auf Schatzsuche zu gehen. Da lagen goldene Knöpfe mit einem Anker darauf, wohl von einer Seemannsuniform, und wenn ich sie in der Hand hielt und sie in den Sonnenstrahlen aufblitzten, trug mich meine Fantasie über die sieben Weltmeere. Doch auch mit Glassteinen besetzte Gürtelschnallen, Strassknöpfe, Perlenknöpfe und viele andere Kostbarkeiten waren in der Kiste. Wenn Oma gut gelaunt war, durfte ich einen Knopf aussuchen und an einem Stoffrestchen annähen - gar nicht so einfach für die kleinen Finger, alles richtig zu machen. Die Diamanten und Goldschätze von Omas Knopfschatulle sind mir immer noch in Erinnerung und ich habe mich sehr gefreut, als meine kleine Tochter mit 3 oder 4 Jahren versunken vor „meiner" Knopfschachtel saß und die kleinen Wunderdinge versonnen betrachtete und umeinander schob. Solche Pretiosen wie Oma hatte ich allerdings als moderne Hausfrau nicht zu bieten.

Anmerkungen von meiner Tochter Kathrin: *Ich kann mich noch sehr gut an die Knopfschatulle erinnern. Vor allem wenn Mama nähte und an der Nähmaschine saß und – für mich wie fast von Zauberhand – Stoffstücke so zusammen fügte, dass am Ende ja sogar ein richtiges Kleidungsstück entstand. Für mich war das immer irgendwie eine Art Zauberei, weil ich gar keine logische Abfolge oder ein Schema erkennen konnte, nach denen meine Mama die Stoffstücke zusammen „hexte". Da rollte ein Stück durch die Maschine und ich sah verblüfft zu,* wie sie mit der spitzen Nadel ratterte und ratterte. Dann wurde ein Stück Stoff gelegt, genäht, umgelegt, ein anderes hinzugefügt, verdreht, ein neuer Faden eingesponnen, es ratterte und ratterte, dann wieder der Stoff umgedreht, teilweise noch einmal eine Naht und – wie von Zauberhand – entstand ein Hemde, eine Bluse, eine Hose oder ein Kleid.

Dann hatte Mama eine Nähschatulle aus Holz, oben jeweils mit einem kleinem Stück Stoff. Und in einer gelben Schachtel mit durchsichtigen Schubladen hatte sie die Knöpfe aufbewahrt, die ich fast schon wie Schmuck wahrnahm. Sie hatten die gleiche Faszination auf mich – sie schimmerten, waren unterschiedlich groß und am liebsten hätte ich mit ihnen gespielt.

Ich kann mich noch sehr gut daran erinnern, dass Mama bei unseren Hosen immer so eine Art Sticker aufnähte, wo wir die Hosen an den Knien verbraucht hatten. Da gab es dann kleine Fußbälle, Bären oder andere nette Motive. Und ich weiß noch, dass meine Kniestellen oft abgenutzt waren – durch das Knien am Boden bei meiner Arbeit in der Legowerkstatt musste so eine Hose schon ziemlich viel aushalten.

Der Hut meiner Großmutter

Früher kannten wir es nicht anders, als dass man am Sonntag die „Sonntagssachen" herausholte, die sonst immer geschont wurden, sich hübsch machte und im Feiertagsstaat dann gemeinsam zur Kirche ging. Dadurch gewann der sonntägliche Kirchgang an Bedeutung, konnte man doch schauen, wer was Neues anhatte, wer einen Pelz trug oder wer etwa gar im Alltagsgewand zur Kirche gehen musste. Zur Grundausstattung der gepfleg-ten Dame gehörten früher auch Hut und Handschuhe und ich sah als Kind meiner Oma gerne zu, wenn sie sich zurechtmachte.

Obwohl sie damals die 70 schon überschritten hatte und Makeup und Schminken verpönt und eher Sache der „leichteren" Damen waren, legte Oma am Sonntag eine hautfarben getönte Creme auf. Die Bäckchen bekamen dann noch einen Hauch Rouge und ich als Kind durfte die Endkontrolle übernehmen. Meine Großmutter sah nicht mehr so gut und so konnte es schon vorkommen, dass ich auf ihren faltigen Wangen noch etwas Makeup oder Puderreste verwischen durfte. Dann setzte sie den Hut auf und zog die Spitzenhandschuhe an – fertig zum Kirchgang. Dass sie sich in dem fortgeschrittenen Alter so extra herausputzte mag auch an dem neuen Franziskanerpater gelegen haben, aber das hat sie zeitlebens bestritten.

Eines Tages kaufte meine Schwester, die inzwischen schon verdiente, von ihrem ersten Geld ein Tonbandgerät, wie es in den Sechziger- Siebziger-Jahren üblich war. Zwei große Tonbandspulen bewegten sich auf der Vorderseite und spielten aufgenommene Musik ab. Das Interessanteste an dem Gerät war aber, dass man mit dem Mikrofon seine eigenen Stimmen aufnehmen konnte. Kein Wunder, dass dieses Zauberding irgendwann einmal am Wohnzimmertisch stand. Alle plapperten wir vergnügt ins Mikrofon, sangen, schnalzten und machten allerlei Geräusche, nur um es nachher abzuhören, wobei wir uns köstlich über die veränderten Stimmen amüsierten.

Nur Oma beteiligte sich nicht an dem Spaß. Stumm saß sie neben dem Gerät und beobachtete das Ganze etwas misstrauisch. Irgendwann fiel uns ihr Schweigen auf und meine Schwester versuchte, sie zum Sprechen zu bewegen. Vergebens - Oma kniff die Lippen zusammen. Da lockte meine Schwester, versuchte es mit Bitten und Betteln und schließlich mit einem Versprechen: „Omi, wenn du was sagst, bekommst du einen neuen Hut von mir!" Oma überlegte nur ganz kurz und dann sagte sie mit lauter und fester Stimme ins Mikrofon hinein: „Ihr

habt es alle gehört und da in dem Kasten ist es nun aufgenommen: Ich kriege einen neuen Hut!" Dann ver-
stummte sie wieder und meine Schwestern und ich ver-
stummten vor Verblüffung auch.

Ob Oma den neuen Hut dann wirklich bekommen hat,
daran kann ich mich freilich nicht mehr erinnern.

Mit Oma, am Hut erkennbar, in Wien

Die Bisquitroulade

In der Familie, in der ich aufgewachsen bin, gab es keine Einladungen für Verwandte oder Freunde. Das lag sicherlich daran, dass wir keine „Familie" und auch keine Freunde hatten. Erst zu Beginn der Fünfzigerjahre war mein Vater nach Ingolstadt gezogen, hatte hier Arbeit gefunden und später dann meine Mutter und uns drei Kinder nachgeholt. Monate danach kam dann auch noch meine Oma dazu. Es gab hier also weder Tanten noch Onkel und auch kein gewachsenes soziales Umfeld. Um einen Freundeskreis aufzubauen, war das Leben meiner Eltern sicher zu sparsam und zu voll mit Arbeit gewesen. Vielleicht aber waren auch ihre Energien einfach aufgebraucht, die Zeit zu knapp oder ihre Interessen lagen woanders. Die finanziellen und räumlichen Verhältnisse waren beschränkt, nicht die idealen Voraussetzungen für Einladungen und Kontaktpflege. Die Familie meines Vaters war, soviel ahnte und wusste ich damals auch als 6-jährige, meiner Mutter nicht so wohl gesonnen gewesen. Für die Familie war sie zu einfach, zu ungebildet oder eben nicht reich genug gewesen, keine Ahnung, die genauen Hintergründe weiß ich bis heute nicht.

In den Jahren des Krieges und der Kriegsgefangenschaft meines Vaters hatte Mutter das Leben alleine meistern müssen. Erst als sich die Eltern nach all den Wirren wieder zusammengefunden hatten und wieder „Familienleben" eingekehrt war, kam irgendwann ein lockerer Kontakt zur väterlichen Familie zustande. Eine Cousine meines Vaters, sie lebte in München, hatte sich dann eines Tages tatsächlich zum Kaffee angekündigt. Ich stellte mir unter den fernen Verwandten lauter Adelige vor, vornehm, aristokratisch und blaublütig. Ein außerordentliches Ereignis in unserem Familienalltag!

Als der Verwandtenbesuch, der erste Besuch an den ich mich in der Kinderzeit erinnern kann, nahte, begann im Haus besondere Betriebsamkeit. Beginnend wohl mit Saubermachen und Putzen, was mich als Kind nicht so sehr interessierte, bis hin zum Tischdecken mit dem „guten" Kaffee-Service und dem vorbereitenden Backen. In der Küche erspähte ich, dass Oma oder Mutter eine Bisquitrolle gezaubert hatte. Lecker und gelb lag sie da, mit Puderzucker bestreut, eine Schnecke mit roter Marmeladenfüllung. Meine Mutter schnitt das Teil in Stücke, drapierte sie noch schön auf der gläsernen Platte und stellte sie ins Wohnzimmer.

Ja, und dann kam der Besuch endlich. Tante „Traute" kam die Treppen herauf, die Familie versammelte sich zur Begrüßung im Flur, nur ich entzog mich der Aufregung und stibitzte das erste Stückchen der Bisquitroulade. Es würde ja niemand merken. Während im Hausflur

„Hallo" und „Grüß Gott" herrschten, übermannte mich der Heißhunger. Ich stopfte Stück für Stück hinein, es überkam mich so, dass ich nicht aufhören konnte, obwohl mein schlechtes Gewissen gegen meine roten Wangen klopfte.

Das Ende der Geschichte ist schnell erzählt: Der „hohe Besuch" kam ins Wohnzimmer, die Mutter war entsetzt über das gefräßige Kind, die Oma ebenso. Ob meine Schwestern dabei waren, weiß ich heute nicht mehr, auch nicht, ob ich die Rolle halb oder ganz aufgefuttert hatte, aber ich weiß noch ganz genau, dass die Tante Traute über das Malheur lachte. Und das beruhigte mich ungemein, denn dass Adelige und Blaublütige so herzlich lachen könnten, machte sie mir doch recht sympathisch. Tante Traute kam auch noch ein anderes Mal wieder, und auch dieses Mal hatte ich für sie eine Überraschung parat. Aber das ist dann die nächste Geschichte.

Das Gedicht

Lernen fiel mir nicht schwer. Ich hatte immer Interesse an allem, was rund um mich geschah und was ich ein- oder zweimal gehört hatte und was mir gefiel, speicherte ich schnell in meinem „Hirnkastl" ab. Manchmal natürlich auch Dinge, die nicht in das anständige Weltbild meiner Familie passten. Als Grundschulkind wurde ich eifrig ermahnt, mich nicht „mit jedem" abzugeben und genau auf die Auswahl meiner Freundschaften zu achten.

Auf der anderen Straßenseite, unserem ziemlich neu erbauten Wohnblock gegenüber, begann ein Viertel von „Sozialschwachen", wie wir heute sagen würden. Damals waren es vor allem Gestrandete nach dem Krieg, die dort eine Heimat gefunden hatten: Russen, Mongolen, Polen, aber auch Deutsche, die nicht richtig Fuß fassen konnten. Wenn der Schulbus auf seiner Strecke nach Hause zwei Stationen dort durch fuhr, war es immer wieder aufregend. Ein ähnliches Gefühl wie Geisterbahn fahren, sicher und geschützt aus der Kabine heraus diese mir fremde Umgebung betrachten, vor der zuhause eindringlich gewarnt wurde. Ich weiß noch, dass ich hier zum ersten Mal einen Betrunkenen gesehen habe. Der Bus hielt auch immer genau vor einem „Bierstüberl", dessen Türen sommers weit offen waren und mir einen

Einblick erlaubten in eine Welt, die ich nicht kannte. Im Familienjargon hieß die Gegend das „üble Viertel" und ich hatte dort nichts zu suchen und Menschen, die von dort stammten, waren von vornherein verdächtig. Doch die Angst hier ermordet, bestohlen oder ausgeraubt zu werden, war sowieso größer als meine Neugierde.

Trotzdem war es immer wieder ein Erlebnis, unter Kindern auf der Straße mal einen von „drüben" kennen zu lernen und dies oder jenes aufzuschnappen, worüber zuhause nicht gesprochen wurde. Da lernte ich wunderbare Wörter wie „Arsch" und „Arschloch" und mir war auch sofort klar, dass ich von diesem Wissen zuhause nichts preisgeben durfte. Recht viel schlimmere Wörter gab es damals nicht, und wenn doch, so habe ich sie vergessen, weil ich ihre Bedeutung nicht verstanden habe.

Eines Tages kam mir im Freundeskreis ein wunderbares Gedicht zu Ohren. Ich musste es nicht lange lernen, schnell merkte ich mir die Worte. Ein Gedicht über die Verwandtschaft, das konnte ich auch zuhause vortragen, daran war nichts Anstößiges. Es kam wie es kommen musste: Zufällig war die Münchner Verwandte aus Vaters „nobler" Verwandtschaft zu Besuch und saß mit Mutter und Oma im Wohnzimmer. Das passte prima - Verwandtenbesuch und ein Verwandtengedicht. Gleich fragte ich, ob ich ein Gedicht vortragen durfte. Mutter schaute skeptisch, aber die Tante nahm das Angebot freudig an. Ich stellte mich in Positur, so wie ich es in der Schule gelernt hatte und begann, so deutlich ich konnte:

Ich weiß ´nen Witz
vom Onkel Fritz,
der hebt das Hemmad auf
und spritzt!

An die Gesichter von Mutter, Oma und Tante erinnere mich nicht, aber es fiel mir auf, dass die erwartete Begeisterung und das Lob für meinen Vortrag ausblieb. Den Inhalt des Gedichts hab ich erst viel später begriffen, damals fand ich den leiernden Takt und die Reime einfach nur toll. Manchmal überlegte ich mir, wie sich meine Mutter in dem Moment wohl gefühlt haben mag. Ich habe sie später niemals danach gefragt, wahrscheinlich schämte ich mich mit 40 Jahren noch dafür, sie blamiert zu haben.

Meine Kinder haben mich Gottseidank nie in eine so peinliche Situation gebracht. Nicht, weil sie immer so gesittet und brav waren, sondern weil man eine Generation später offener und nicht so verklemmt miteinander umging.

Die Mörderin

In einem Frauenhaushalt mit zwei Schwestern, einer Mutter und einer Oma wuchs ich ziemlich frei von männlichen Verhaltensmustern auf. Buben waren interessant, aber sie kamen mir wie Wesen von einem anderen Stern vor und ich wusste wenig mit ihnen anzufangen. Kein Wunder, dass ich mich beim Spielen in der kleinen Parkanlage hinter unserem Wohnblock lieber den Mädchen anschloss. Mädchenspiel Nummer 1 meiner Kindheit war neben dem Seilspringen die „Ballschule": Der Ball musste an die Hausmauer geprellt werden, erst einfach hin und zurück und zwar 10mal. Als nächste Übung kam dann Werfen und dann sofort klatschen, bevor der Ball wieder gefangen wurde, dieses Mal wurde die Übung 9mal durchgeführt. Wer einen Fehler machte musste aufhören, der nächste kam an die Reihe. Sieger war, wer die „Ballschule" als Erster bis zur „Übung 1mal" schaffte.

Bald ödete uns Mädchen das Ballwerfen an. Da entdeckte eine der Freundinnen, dass in dem Durchgang beim nächsten Wohnblock die Jungs beim „Spickerwerfen" beschäftigt waren. Spickern war mir verboten, anscheinend eine gefährliche Angelegenheit, denn die kleinen Pfeile, Spicker genannt, hatten eine scharfe Spitze aus

Metall, damit sie in der hölzernen Zielscheibe auch stecken blieben.

Wir Mädchen schauten zu, das Spiel der Buben ging uns nichts an. Bewundernd sahen wir, wie ein Pfeil nach dem anderen ins Innere der Scheibe traf. Sogar Jürgen, der Kleinste unter den Buben, traf, dabei wussten wir doch alle, dass er krank war. Irgendeine Blutkrankheit, hatte meine Mutter einmal gesagt, und darum war Jürgen auch so klein, dünn und blass. Aber sogar Jürgen traf! So schwer konnte das ja gar nicht sein, dachte ich, wenn ein Todgeweihter (denn das war Jürgen meinen kindlichen medizinischen Kenntnissen nach!) so werfen konnte.

Jürgen musste meine Bewunderung gespürt haben, denn als er seine Pfeile aus der Scheibe gezogen hatte, reichte er sie mir. „Magst auch mal?" Ich erstarrte vor Ehrfurcht, dass mich einer der Buben auch mitspielen ließ. Ich nickte, mehr brachte ich nicht heraus, und Jürgen zeigte auf der Scheibe ins Zentrum und sagte: „Da hinein!" Er trat ein wenig zur Seite und ich zielte. Ich hob den Arm, genau wie ich es bei den anderen Kindern gesehen hatte, und dann warf ich den Pfeil mit aller Kraft in Richtung Zielscheibe. Das hölzerne „plopp", das stets einen Treffer anzeigte, blieb aus. Eine Sekunde lang war es ganz still. Schon bevor ich es sah, wusste ich es: Mein Pfeil war nicht in der Scheibe gelandet!

Dann hörte ich den Schrei und im gleichen Moment rannte Jürgen brüllend um die Ecke. Die anderen Kinder stoben auseinander und ich stand allein vor der Zielscheibe. Die restlichen Spicker fielen mir aus der Hand. Wie ein dickes schwarzes Tuch fiel das Bewusstsein über mich, dass mein schönes Kinderleben jetzt vorüber war. Nie wieder würde es so sein wie früher. Ich war eine Mörderin und ich würde nie wieder nach Hause gehen können. Ich hatte schwere Schuld auf mich geladen und etwas angestellt, was ich nie wieder gut machen konnte. Auch meine Mutter würde es nicht wieder richten können.

Ich fühlte mich zentnerschwer. Ich war nicht traurig, ich weinte nicht, ich fühlte nur, dass alles Schöne und Gute meines Lebens weg war und unwiederbringlich verloren. Meine Füße bewegten sich und ich ging langsam und schleppend auf der Straße entlang. Schritt für Schritt ging ich stadtauswärts, nichts fühlend außer dieser schrecklichen Leere.

Das Gefühl hielt nicht an. Als ich die letzten Häuser hinter mir gelassen hatte und bemerkte, wie weit ich schon von Zuhause entfernt war, setzte schlagartig alles ein, was bisher nicht spürbar war: Trauer, Verzweiflung, Zorn auf mich selber, Verlassenheit und Sehnsucht nach Daheim. Ich setzte mich an den Straßenrand ins Gras und weinte, bis meine Ärmel nass waren. Inzwischen dämmerte es bereits und meine Verlassenheit fühlte sich nun noch schlimmer an als vorher. Wohin sollte ich? Ich kannte keinen anderen Ort als wieder heim zu gehen. Genau so langsam schleppte ich mich Richtung Heimat, wissend, dass ich all mein Elend jetzt beichten musste und keine Vergebung zu erwarten war. Ich stieg die Treppe zum ersten Stock und klingelte.

Die Tür ging auf, das warme Licht der Flurlampe quoll heraus. Meine Mutter stand in der Tür, stürzte auf mich zu und verpasste mir ohne ein Wort eine Ohrfeige. Dieser Schlag fühlte sich warm, ja heiß an, lebendig, voller Leben, voller Zorn und voller Verzweiflung. In diesem Moment kippte wieder etwas in mir um. Ich stürzte mich weinend in die Arme meiner Mutter. Sie umfing mich, glücklich, dass ich wieder zuhause war. Ich spürte die Umarmung, sog das Gefühl auf, trotz meines Vergehens geliebt zu werden und weinte noch ein wenig.

Als ich mich beruhigt hatte, erzählte mir meine Mutter die restliche Geschichte: Den kleinen Jürgen hatte ich tatsächlich getroffen, aber nicht ins Herz. Der Spicker war in seinem Oberarm stecken geblieben und seine

Mutter war mit ihm beim Arzt gewesen. Die Wunde war gesäubert und der Arm verbunden worden. Die Sache war nicht so schlimm gewesen, wie befürchtet. Danach hatte Jürgens Mutter meiner Mutter die ganze Geschichte erzählt und meine Familie war in großer Sorge, da ich nicht nach Hause kam. Sie hatten mich bereits in der Umgebung gesucht, aber nicht gefunden und die Verzweiflung meiner Mutter war der meinen sicher in nichts nachgestanden. Als ich dann endlich klingelte, entlud sich Mutters Anspannung in einer der wenigen Ohrfeigen, die ich in meinem Kinderleben bekam. Ich empfand diese Ohrfeige als gerechte Strafe, und ich hätte viel mehr auf mich genommen für diesen Moment der Vergebung.

Heute empfinde ich manchmal eine Art von „Mitgefühl" mit Tätern, die sich eines schlimmen Vergehens schuldig gemacht haben und die wie ich damals „auf die andere Seite" des Gesetzes und des Gewissens gesprungen sind. Für sie gibt es keine Verzeihung und Erlösung, so wie ich sie erfahren habe, sie bleiben vielleicht für immer in diesem Zustand der Verlassenheit, in den sie durch eine schwere Schuld geraten sind.

Milch holen

„Kinder sollten schon frühzeitig zu verantwortungsvollen Aufgaben herangeführt werden, damit ihr Selbstbewusstsein gestärkt wird." Diesen Satz könnte man es sicher in irgendeinem Erziehungsratgeber finden. Früher lasen Mütter keine schlauen Bücher, machten es aber genauso. Manchmal einfach aus Notwendigkeit heraus, da die häuslichen Ämter verteilt werden mussten. Eine Aufgabe, die mir schon früh übertragen wurde, war, kleine Besorgungen zu machen. Der Lebensmittelladen lag auf der anderen Seite der viel befahrenen breiten Straße, an der unser Wohnblock stand. Diese Besorgungen durfte ich als Erstklässlerin noch nicht erledigen. Aber ich bekam einen anderen Auftrag: Milch holen!

Am Bürgersteig an unserer Straße entlang und an der nächsten Kreuzung um die Ecke, ohne die Straße überqueren zu müssen, lag das Milchgeschäft. Die ersten Male war ich mit meiner Mutter dort. Ich liebte den Geruch in dem kleinen, stets kühlen Laden, leicht säuerlich und frisch. Der kleine Geschäftsraum war mit Steinfliesen ausgelegt, die Wände waren elfenbeinfarben gekachelt. Auf der Ladentheke stand eine Milchpumpe, bei der mit einem Hebel die Milch literweise in die mitgebrachten Kannen der Kunden gepumpt wurde. Tetrapack und Glasflasche hatten in die Haushalte noch keinen

Einzug gehalten. Neben dem Milchautomaten lagen hinter einer Glasscheibe einige Käsesorten, die man hier kaufen konnte. Die Auswahl war gering, aber alles war frisch und den Geruch des kleinen Ladens habe ich jetzt, da ich die Geschichte aufschreibe, wieder in der Nase. Eines Tages durfte ich schließlich den Liter Milch alleine holen. Das Einkaufen machte keine Probleme, das Nachhausetragen manchmal allerdings schon, da trotz Deckel manchmal etwas aus der Kanne schwappte. Das Milchholen übernahm ich gerne, bis zu einem denkwürdigen Nachmittag.

Ich war 6 oder 7 Jahre alt und stand im Milchladen hinter den Erwachsenen an. Heute waren besonders viele Leute hier. Anscheinend war irgendwo in der Nachbarschaft etwas geschehen, was die Leute nicht nur zum Einkauf, sondern auch zur Unterhaltung im Geschäft hielt. Ich wurde ungeduldig, denn allmählich spürte ich ein dringendes Bedürfnis und ich trippelte schon nervös von einem Fuß auf den anderen. Aber einfach ohne Milch nachhause gehen? Jetzt, wo ich schon mindestens 10 Minuten angestanden hatte? Nein, lange konnte es nicht mehr dauern! Immer dringender drückte es mich, immer ungeduldiger wurde ich, aber mich durchzudrängen und um meine Milch zu bitten, nein, das traute ich mich auch nicht. Endlich, endlich, bemerkte mich die Milchverkäuferin. „Komm her, Kleine!" sagte sie, nahm mir die Kanne ab und stellte sie unter den Hahn des Milchautomaten. Die Erwachsenen rundherum, die mich gar nicht bemerkt hatten, traten ein wenig zur Seite und beobachteten meinen Einkauf, während weiterhin ihre aufgeregten Stimmen durch den Laden schwirrten. Die Milchfrau zog am Hebel der Pumpe und in einem weißen Strahl ergoss sich die Milch in meine Kanne. Ich weiß nicht, ob es die Erleichterung war, endlich dranzukommen, oder das plätschernde Geräusch der sich ergießenden Milch. Ich spürte es feucht zwischen meinen Beinen und ahnte, dass ich das Unheil nicht aufhalten konnte. Schnell legte ich das Geldstück für die Milch auf den Tresen, nahm schwungvoll die gefüllte Kanne und ließ sie vor mir auf den Boden fallen. Dort, auf den graugesprenkelten Fliesen platschte ein Liter Milch auf die Pfütze, in der ich bereits stand und verdeckte gnädig die Schande, die mir vor wenigen Sekunden passiert war.

Nun ergriff mich Panik, denn das eine Malheur war nicht besser als das andere. Ich rannte aus dem Geschäft, mit brennenden Wangen, voller Scham, weil ich als großes Mädchen in die Hose gemacht hatte. Und war es denn richtig gewesen, die Milch einfach darüber zu schütten? Was würde meine Mutter sagen, wenn ich mit nassen Hosen und ohne Milch und ohne Geld heimkam? Ich rannte voller Verzweiflung heim, klingelte und warf mich meiner Mutter weinend in die Arme. Ich rechne es ihr heute noch hoch an, dass mein doppeltes Unglück ohne großes Aufheben beseitigt wurde. Es gab frische Wäsche für mich und Mutti holte neue Milch. Der ganze Vorfall wurde auch nicht wieder erwähnt oder jemandem erzählt. Mutter wusste, wie peinlich das Ganze für mich gewesen war. In den Milchladen musste ich übrigens auch nicht mehr und meine Mutter hat mich auch nie mehr danach gefragt oder mich dazu gedrängt. Bald war ich auch groß und vernünftig genug, dass ich alleine die Straße überqueren durfte und ich konnte im Lebensmittelgeschäft kleine Besorgungen machen.

Tante Anna und ihre Mutter, meine Urgroßmutter

Badetag

In der Badewanne im warmen Wasser zu liegen, sich fast schwerelos zu fühlen und vor sich hin zu träumen, ist eines meiner ganz persönlichen Vergnügen. Wie leicht es auch geht: Stöpsel zu, Wasser an und baden! Die Badetage meiner Kindheit waren mit allerhand Mühen verbunden. Ich kann mich noch sehr gut an unser Badezimmer in der modernen Wohnung, die wir 1956 bezogen hatten erinnern. Auf der rechten Seite stand ein großer Wasserboiler, der die Einbauwanne, die daneben war, mit Heißwasser versorgte. In meiner Kinderzeit wurde dieser Badezimmerofen mit Holz geheizt. Oben zog sich ein gewundenes, silberfarbenes Ofenrohr über der Wanne ein Stückchen die Wand entlang zum Kaminanschluss. Erst Jahre später gab es dann einen Ölbrenner, der das Badevergnügen erheblich erleichterte.

Zu Zeiten des Kohleofens wurde meistens am Samstag der Ofen geheizt. Ich durfte alleine baden, aber ich glaube, dass in meinem Badewasser nach mir noch meine Mutter oder Großmutter badete. Mir wurde nämlich, so viel erinnere ich mich, immer eingeschärft, vorher noch auf die Toilette zu gehen und „ja nicht!" ins Wasser zu pinkeln. Zusammen zu baden, nein, das wäre nie in Frage gekommen. Ich habe meine Mutter auch nie nackt gesehen, und meine Großmutter schrie sogar auf, wenn ich sie in der Unterhose sah. Ich war anscheinend die erste, die in die Wanne durfte. Mischbatterien gab es noch nicht und so wurde mit den zwei Wasserhähnen eine erträgliche Wassertemperatur austariert. BADEDAS war der Duft meiner Kindheit und heute wundere ich mich noch oft, wie Düfte Erinnerungen wecken. BADEDAS riecht heute noch genauso wie vor 50 Jahren, nach Kindheit, nach Mutter, nach Kohlenfeuer.

Während ich mich in der Wanne suhlte, heizte Mutter den Ofen weiter, bevor sie mich verließ, es kamen ja noch mehr Personen dran. Ich habe Mutter rußverschmiert und schwitzend in Erinnerung, ob das immer so war, weiß ich nicht. Dieses erneute Aufheizen des Ofens brachte in das kleine Badezimmer ungeheure Hitze. Fensterscheiben und Spiegel waren mit Dampf beschlagen und oft rannen kleine Wasserperlen wie Bächlein an den Fronten herunter. Das leise Prasseln des Feuers im Ofen verbreitete Gemütlichkeit. Ich lag schaumbedeckt im duftenden Wasser und träumte vor mich hin, Kleinmädchenträume von schönen Kleidern, Prinzen, einer wunderbaren Zukunft oder einem eigenen Haustier.

Da mischte sich plötzlich zu dem Knistern der Holzscheite ein anderes Geräusch, ein lauteres Knacken. Ich öffnete die Augen und mein Herz blieb stehen: Das Ofenrohr, das vom Badzimmerofen zum Kamin führte, glühte in hellem Rot wie Feuer und verbreitete ungewöhnliche Geräusche. Mein erster und einziger Gedanke war, dass das Rohr schmelzen und all seinen heißen, glühenden Inhalt über mich ergießen würde. Angst überfiel mich und ich schrie laut auf.

Meine Mutter stürzte ins Badezimmer. Ich weiß nicht mehr, wie sie das glühende Ofenrohr zum Abkühlen brachte und ob sie überhaupt etwas unternommen hatte. Ich habe dieses höllenheiße Bad unbeschadet überstanden, aber der Wannenspaß war in Zukunft immer von leichtem Grauen überschattet. Von nun an war es lange Zeit vorbei mit faulem Dösen im Wasser, denn ich konnte einfach nicht anders: Ich beobachtete das Ofenrohr über mir jedes Mal wie hypnotisiert.

Wenn ich heute in der Badewanne liege, denke ich noch manchmal an das rot glühende Ofenrohr und das verschwitzte Gesicht meiner Mutter. Wie einfach sind doch manche Dinge geworden.

Fellabrunn

Voriges Jahr, ich war schon weit über 50, meine Schwestern über 60, trafen wir uns zu einem „Schwesterntreffen" in Stockerau, nicht weit von unserer alten Heimat Hollabrunn entfernt. Natürlich hatte ein Besuch im Ort unserer Kindheit Priorität.

Ich war viele Jahre nicht hier gewesen, alles war verändert. Da, wo ich früher mit meiner Oma beim Metzger war und eine „Knackwurst" bekommen hatte, war nun ein Bekleidungsladen. An den Stadtplatz selbst hatte ich wenig Erinnerung, aber die Richtung zu unserem Haus in der Gassnergasse fand ich noch. Das Haus war nahezu unverändert, im Lauf der 50 Jahre natürlich renoviert und gestrichen, aber im Stil nicht verändert. Irgendwie ein seltsames Gefühl, sich auf eine gewisse Art heimisch zu fühlen, aber trotzdem fremd zu sein. Am Stadtplatz kauften wir uns eine Tasse Kaffee, dann beschlossen wir, mit dem Auto noch eine kleine Besichtigungsrunde zu unternehmen und dann nach Fellabrunn, dem Elternhaus meiner Großmutter, zu fahren.

Mein Urgroßvater, der Vater meiner Oma mütterlicherseits, war Lehrer gewesen und hatte das Haus unter schwersten Opfern und nahezu unmenschlichen Bedingungen gebaut. Genaues weiß ich nicht meh, die alten

Geschichten hatten mich als Kind nicht so sehr fasziniert, aber ich kann mich noch erinnern, dass die Kinder beim Bauen mithelfen mussten.

Da gab es den Franz und den Heinrich, die Buben, die Anna, die Maria und die Eva, die jüngste, die meine Oma war. Die Maria, Mitzi genannt, war ein schwächliches Kind, sie musste wohl bei der schweren Arbeit nicht helfen, aber ich kann mich erinnern, dass die Großmutter erzählte, die Anna habe so schwer arbeiten müssen, „bis sie Blut gespuckt hat". Ich habe das in meiner Erinnerung immer mit dem Hausbau verbunden, und so betrachtete ich das Haus auch stets mit größtem Respekt. Die Anna ist als junges Mädchen mit 16 Jahren nach Amerika gegangen, als Hausmädchen wurde sie einer über 1000 Ecken bekannten Familie vermittelt. Über ihre Jahre in den USA weiß ich nichts, leider, heute würde mich ihre Lebensgeschichte stark interessieren. Doch als ich geboren wurde, war die Anna schon an die 70 und uns trennten zu viele Jahre, um uns zu unterhalten.

Meine Erinnerungen an die „Anna-Tant" sind nur wenige. Ich sehe sie als rundliche Bauersfrau in ihrem Obstgarten, ein weißes Kopftuch auf, eine Schürze vor dem runden Bauch, daneben den Rolli, einen dicken schwarzweißen lieben Hund. Vorher gab es einen Lumpi, einen braunen glatthaarigen bissigen Kläffer, den ich als Kind

fürchtete. Als der Rolli dann einzog, war es bei der Anna-
Tant gemütlich, der Rolli ließ sich streicheln und lief mit
in den Obstgarten hinter dem Haus.

von links nach rechts: meine Schwester Karin, ich, „Godel" Anna Wunderer, Hermine
Wunderer und meine Oma vor dem Haus in Fellabrunn

Da gab es wunderbare Bäume, die ich auch als Grundschulkind erklimmen konnte. In den Ästen saß man
schattig und thronte über der Welt. Und das Beste: Die
Früchte wuchsen einem fast in den Mund. Meine Lieb-
lingsfrüchte waren die „Kriagerl", Mirabellen, die nicht
viel größer wie Kirschen, aber saftig und süß waren. Die
Kerne spuckte man soweit es ging, und ich weiß noch,
dass ich stets versuchte, einen Nachbarbaum zu treffen.
Dieses Paradies ging später in den Besitz der „Wunderers" über und nach deren Tod wurde das Haus verkauft.

Wir machten also einen Abstecher nach Fellabrunn und es war wie eine Zeitreise, denn es hatte sich in dem Dörfchen kaum was verändert. Alles kam mir bekannt vor und auch das Haus stand da wie eh und je. Der riesige Obstgarten hinter dem Haus war allerdings einer kleinen Neubausiedlung gewichen. Wir parkten auf der gegenüber liegenden Straßenseite und schlenderten über die Straße, um ein Foto zu machen. Da erschien ein Mann am Gartentor: „Suchen Sie jemanden?" Nein, erklärten wir, wir wollen nur das Haus besuchen, es ist das Elternhaus unserer Großmutter.

Sofort wurde uns das Gartentor geöffnet. „Möchten Sie reinschauen?"

Besuch in Hollabrunn im Jahr 2009

Ich erkannte den alten Ziegenstall wieder. Inzwischen waren hier eine Werkstatt entstanden und auch ein kleiner Laden. Die beiden neuen Besitzer hatten das Haus schon vor einigen Jahren gekauft, weil es für ihre Zwecke sehr gut geeignet schien. Sie schmiedeten Ringe und Schmuck, stellten mittelalterliche Gewänder her und tingelten damit in den Sommermonaten zu verschiedenen Kunsthandwerker- und Mittelaltermärkten. Die Geschichte des Hauses interessierte sie sehr. Wir erzählten, was wir wussten, notierten die E-Mail-Adresse und versprachen, ein Foto des Hauses von „früher" zu schicken. Schön war es gewesen, im Haus meiner Kindheit zu plaudern, zu sehen, dass es jemanden gab, der das Haus liebte, in Stand hielt und der sich an der Geschichte des erworbenen Hauses freuen konnte. Natürlich haben die neuen Besitzer Fotos von anno dazumal bekommen und sich sehr darüber gefreut.

Reisen

Urlaub machen, das gab es früher nicht bei uns. Dafür fehlte das Geld. Meine Mutter, die ja nach dem frühen Tod meines Vaters ganztags arbeitete, war außerdem sicher froh, die paar freien Tage einfach nichts zu tun oder zu planen. Urlaubsreisen waren damals nur per Auto oder Zug möglich, Flugzeuge gab es zwar, aber sie waren für „normale Leute" so weit entfernt vom Alltag wie für uns ein Flug auf den Mond. Dennoch ergaben sich für mich wunderschöne Urlaubssommer in meinem „Heimatland" Österreich.

Die Familie meiner Mutter stammte aus Niederösterreich und im Krieg hatte meine Mutter, die in Breslau verheiratet war, mit ihren beiden Töchtern bei ihrer Mutter Zuflucht gesucht und gefunden. Als mein Vater schließlich aus der Kriegsgefangenschaft kam und meine Mutter in Hollabrunn wiederfand, kam es zu einer Annäherung meiner Eltern, der ich meine Existenz verdanke. 9 Monate später erblickte ich das Licht der niederösterreichischen Welt, im Beisein meiner Mutter, aber nicht meines Vaters. Dieser suchte als Deutscher in Deutschland Arbeit, und als die Lebensgrundlage gesichert war, zogen meine Eltern und die beiden großen Schwestern wieder zusammen. Ich blieb noch etwas länger bei meiner Oma und als ich 4 Jahre alt war, kamen ich und etwas später auch die Großmutter mit der Familie in Ingolstadt zusammen. Die Bindungen nach Österreich blieben, denn Omas Schwester, die „Annatant", lebte noch auf einem kleinen Bauernhof in Fellabrunn, nahe Hollabrunn. Sie hatte ihr Sacherl inzwischen an die Wunderers verkauft oder verpachtet, die eine Tochter in meinem Alter hatten.

So ergab es sich, dass ich manche Sommer mit Oma in Fellabrunn verbrachte. Ein ganz anderes Leben war das als in der Stadt und in der Mietswohnung, die wir anfangs zu sechst, nach dem Tod des Vaters zu fünft bewohnten.

Ferien - mit Hermi Wunderer in Fellabrunn

Ich erinnere mich an flirrende, staubige Hitze und an die hoch beladenen Wagen, auf denen das Getreide eingefahren wurde. Hermine, die Tochter der Bauersleute und ich, durften manchmal oben sitzen. Gut, dass Oma das nicht sah, sicher hätte sie Angst um mein Leben gehabt.

Ich erinnere mich auch noch gut an das Heimkommen nach dem Ernteeinbringen, wie kühl der gepflasterte Hausflur uns vorkam, wie einen die Stille des Hauses aufnahm und wie gut die Brotzeit in der Küche schmeckte und das frische, kalte Wasser. Hier am Bauernhof gewann ich meine ersten Kenntnisse über Tiere, trauerte um die kleinen kranken Häschen, schaute aber aufmerksam beim Schlachten zu und fand es sehr interessant, wenn das geköpfte Huhn noch davon flatterte. Doch das ist eine andere Geschichte.

Die „Godel", wie ich die Bäuerin nannte, denn sie war meine Patin, war eine gute Köchin und das Schweinerne ist mir in besonderer Erinnerung. Oft schlichen wir Kinder abends noch in die Speis, wo die Reine mit dem Fleisch und dem Bratensaft stand und tunkten Brotscheiben in die fest gewordene Soße. Die Godel war eine herzensgute Seele, schaute immer auf mein Wohl und ich hatte sie sehr gern. Den Mann der Godel, den „Göd", allerdings fürchtete ich ein wenig. Er trank gern den selbstangebauten Wein, der im Berghang in einem Erdkeller gelagert war, bekam dann ganz rote Backen und glänzende Augen und seine Stimme wurde dann laut und polternd. Er hat mich nie geschimpft, getadelt oder angeschrien, aber ich hielt lieber Abstand. Sicher ist sicher!

Die unbeschwerten Sommerwochen endeten stets zum Schulanfang im September. Die Reise nach Fellabrunn und zurück wurde in stundenlanger Zugfahrt bewältigt und der Höhepunkt der Reise war stets der Wiener Bahnhof, wo wir umsteigen mussten. Hier schnupperte ich den Duft der großen, weiten Welt. Hier sah ich den ersten Farbigen und ich meine, mich noch genau zu erinnern, dass ich hier auch zum ersten Mal eine Japanerin im Kimono sah. Aufregend war es hier und für mich hätte der Zwischenstopp stets länger dauern können.

Heute empfinde ich auf den großen Flughäfen der Welt das fast gleiche Staunen, das ich damals in Wien empfand: So viele Menschen! Woher sie wohl kamen? Wohin sie fuhren? Warum sie unterwegs waren?

Das Reisen hat mich bis heute nicht losgelassen, vielleicht hat meine Oma mit den Fahrten auf den Bauernhof den Grundstein gelegt. Wer weiß....

Kopflos

Einen Teil seiner Kindheit am Bauernhof zu verbringen, ist etwas Großartiges. Der direkte Kontakt zur Natur und zum Wetter, zum Säen und Ernten, zur Zubereitung der Nahrung und die Nähe von Tieren sind lehrreicher als jedes Schulbuch. Als Kind hatte war ich neugierig, nahm alles, was ich sah und hörte begierig auf und brachte Vieles erst später, als ich älter und verständiger war, in ein System, eine innere Ordnung, und zog Schlüsse daraus.

Der Bauernhof meiner Tante Anna, später gehörte er meiner „Godel", war nur ein kleiner Selbstversorgerhof. Im Stall standen einige Ziegen und eine Kuh, es gab Hühner und auch einen Hasenstall. Auch ein Schwein wurde gefüttert. Der Hund war wohl das einzige Tier, das keinen direkten Nutzen brachte.

Hinter dem Haus befand sich der große Obstgarten, der sich den Hang hinaufzog, kühl und schattenspendend im Sommer und voller wunderbarer Früchte. An einen Gemüsegarten kann ich mich nicht erinnern, aber sicher gab es den auch.

Der Bauer bewirtschaftete auch einige Felder und einen Weinberg. An den Weinberg erinnere ich mich nicht, aber an den Erdkeller, der in den Hang hinter dem Haus hinein gegraben war.

Die Ziegen wurden gemolken, was mit der Milch gemacht wurde entging meiner kindlichen Aufmerksamkeit. Die Hühner legten Eier und ab und zu wurde eines geschlachtet und gebraten. Genauso ging es den Hasen, die allerdings nur zum Braten gehalten wurden und keinen Nebennutzen wie das Eierlegen hatten.

Bei einem meiner Aufenthalte wurde ein Huhn geschlachtet. Da ich so etwas nicht kannte, musste ich natürlich dabei sein. Die Godel lief der Hühnerschar hinterher, die gackernd auseinanderstob und versuchte, aus dem abgetrennten Hühnerhof davon zu fliegen. Es war kaum zu glauben, aber sie erwischte das richtige Tier, packte es an beiden Flügeln und nahm den gackernden Vogel mit zum Schlachtplatz. Vor einem Nebengebäude stand eine Art Hackstock. Das Tier wurde über den Holzklotz gelegt, festgehalten und ein kurzer, heftiger Hieb trennte den Kopf vom Körper, trennte Leben und Tod. Die Flügel und der Körper zuckten noch lebhaft weiter, Blut ergoss sich reichlich auf den Boden. Doch irgendwie hatte die Bäuerin den Griff gelockert, denn der kopflose Körper entwischte, flatterte ein Stückchen davon und blieb dann zuckend liegen.

Wenn ich das heute aufschreibe, schaudert mich. Doch meine kindliche Neugier war größer, der Tod war etwas, was ich nicht begriff und ich empfand auch kein Mitleid mit dem Tier. Hühner waren dazu da, Eier zu geben und geschlachtet zu werden.

Nach dem Schlachten wurde der Vogel gerupft. Ich weiß noch, dass er in heißes Wasser getaucht wurde und der dabei entstehende Geruch ekelhaft war. An dieser Stelle des Schlachtvorgangs schlich ich mich davon und kam erst wieder, wenn das duftende knusprige Hühnchen am Teller lag.

Über meine Mitleidslosigkeit staune ich heute. Aber mein Mangel an Mitgefühl ging wenige Zeit später zu Ende. Die Hasenmutter hatte ein Nest voll kleiner kuschelweicher Hasenkinder bekommen. Man kann sich denken, dass mein Mädchenherz beim Anblick der pelzigen kleinen Tiere höher schlug. Einige Tage ging alles gut, aber dann wurden die Hasen krank, bekamen Durchfall und zogen die Hinterbeine nach, als hätten sie keine Kraft. Ich litt mit. Würden sie sterben? Oder gesund werden?

Der Bauer machte dem Elend ein rasches Ende. Das Risiko einer Epidemie im Hasenstall wollte er nicht eingehen. Die kleinen Hasen mussten weg. Er nahm alle aus dem Nest und trug sie zum Misthaufen, der neben dem Stall war. Eines nach dem anderen warf er mit kräftigem Schlag an die Hausmauer. Bis sie in den Misthaufen hinunter fielen waren sie bereits tot, da bin ich mir ganz sicher. Und heute denke ich auch, es war ein schneller, schmerzloser und gnädiger Tod für die kranken Tiere.

Der Ende der kleinen Hasen aber hat in mir eine Wende gebracht: Plötzlich verstand ich, was Tod ist, auch für ein Tier. Ich weinte um die kleinen Hasenkinder und um die Hühner und Schweine und alles, was jemals hatte sterben müssen.

Heute beneide ich Vegetarier um ihre Fähigkeit, auf tierische Nahrung verzichten zu können. Ich würde es auch gerne, aus ethischen Gründen, aber lange geht es nicht gut mit meinen Vorsätzen. Ich verdränge, so gut es geht, das Tierelend und kaufe Eier und Fleisch möglichst aus natürlicher Haltung, um mein schlechtes Gewissen zu beruhigen.

Familienrezept

Liebe geht durch den Magen – das Sprichwort wärmt mein Herz, denn genau so empfand ich es oft zuhause. Die von Oma extra für mich zubereiteten Lieblingsspeisen und den Duft mancher Gerichte auf dem Hausflur, wenn ich von der Schule heimkam, empfand ich wie eine liebevolle Umarmung. Zu meinen schönsten Essenserinnerungen gehört der Grießbrei. Ich weiß noch, dass an kalten und dunklen Wintertagen abends eine wärmende Mahlzeit nach dem Heimkommen ganz besonders begehrt war. Oma kochte mir dann einen Grießbrei. Dabei war nicht nur das Ergebnis wichtig, nein, schon das Kochen selbst ist mir in lebhafter Erinnerung.

In der Küche wurde auf einem Gasherd gekocht. Mir war der Herd nicht geheuer, hörte man doch immer wieder, dass es Gasexplosionen gegeben hatte oder dass sich jemand vergiftet hatte, indem er das ausströmende Gas eingeatmet hatte. Ich hatte auch oft erlebt, dass überkochende Flüssigkeit die Flamme löschte und es dann in der Küche nach Gas roch. Mir wurde schon früh eingeschärft, darauf zu achten, wegen der Explosionsgefahr kein Streichholz anzuzünden und das Fenster zu öffnen. Vor diesem mit solcher Lebensgefahr verbundenen Ofen hatte ich einen Heidenrespekt. So beobachtete ich schon argwöhnisch das Anzünden der Flamme mittels eines Streichholzes (der spezielle Gasanzünder funktionierte meist nicht) und bewunderte die Schnelligkeit meiner Großmutter, wenn sie die Hand vor der aufzuckenden Gasflamme wegzog. Dann kam der Topf mit Milch auf den Ofen und gemeinsam beobachteten wir die Milch, ich besonders, denn ich wusste schon früh, dass sie ruck zuck überkochen, die Flamme löschen und mein Leben gefährden konnte. Wenn die Milch kochte, schüttete Oma den Grieß dazu, langsam und unter beständigem Rühren ließ sie ihn einrieseln. Die Gasflamme wurde zurückgedreht, sehr zu meiner Beruhigung, und dann rührte sie den Brei und rührte und rührte.... Oft war ich schon ungeduldig und hungrig, aber Oma erklärte mir geduldig, dass das viele Rühren die Qualität des Grießbreis verbessern würde. Tausendmal müsste man rühren und dann begann ich zu zählen, soweit ich es als Vorschul- oder später Grundschulkind schaffte und tatsächlich war der Brei meist schneller fertig als ich mit dem Zählen.

Der Grießbrei wurde dann auf einen flachen Teller aufgestrichen, mit Butterflöckchen belegt und als Krönung wurde gesüßtes Kakaopulver darüber gestreut. Die zerlaufende Butter und das Schokoladenpulver verschmolzen auf dem Teller zu einer leckeren Soße. Wenn ich den Teller dann vorgesetzt bekam, nahm ich den Löffel dazu, mit dem die Flöckchen von der Butter abgeschabt worden waren. „Am besten schmeckt Grießbrei mit dem Butterlöffel!" sagte Oma. Dann begann das Ritual des Essens, denn das Kunstwerk vor mir wurde nicht einfach hinein geschaufelt. Zuerst umrundete ich mit dem Löffel den Rand des Breis. Am Rand waren wenig Butter und Schokolade, das schmeckte am wenigsten, das wurde zuerst vernichtet! Danach zog ich mit dem Löffel zwei lange Bahnen mitten durch den Teller und teilte den Brei in Viertel, von denen ich eines nach dem anderen genüsslich verspeiste. Beim letzten Viertel machte sich dann meistens Müdigkeit breit, die Backen begannen zu glühen, mir wurde warm und eine Bettschwere überfiel mich. Kein Wunder, nachdem ich draußen gespielt und verfroren heimgekommen war und nun mit einer sättigenden Kalorienbombe abgefüttert worden war. Dass zwischen dem letzten Grießbreiviertel und dem Bett nur wenige Minuten lagen, muss ich wohl nicht extra erwähnen.

Als ich erwachsen war, war der Grießbrei lange Zeit vergessen, aber irgendwann, als meine Großmutter bereits tot war, erinnerte ich mich der genial einfachen Mahlzeit und versuchte mein Glück. Doch mit Ungeduld ist nicht gut kochen: Meine Kochversuche scheiterten, mal war der Brei zu dick, zu klumpig oder zu viel und als endlich die Konsistenz passte, schmeckte er einfach nicht so gut,

wie der mit Liebe verfeinerte Grießbrei meiner Großmutter.

Doch ich habe das Grießbreikochen später doch noch
gelernt: Als mein Sohn aus dem Flaschenalter heraus
war, habe ich meine Kochkunst neu erprobt. Es muss
bereits beim ersten Mal genial geschmeckt haben, denn
es stellte sich heraus, dass er bald grießbreisüchtig war.
„Giesbei haff" (Grießbrei haben) – war ab sofort die Pa-
role. Ich sehe es noch vor mir: Ich stand am Herd und
machte Grießbrei, Fabian saß auf der Arbeitsplatte und
sah zu. Gasofen hatte ich keinen, ich kochte auf dem
Elektroherd. Aber die Erklärungen waren dieselben wie
25 Jahre zuvor: Erst muss die Milch hochkochen, pass
gut auf! Und dann muss man rühren und rühren und
rühren, eins-zwei-drei-vier…. Und schau mal, das ist der
Butterlöffel, wenn man mit dem isst, schmeckt es besonders gut! Und bald unterstützte mich das Kind beim
Kochen: „Mama, gell, da muss man lühlen und lühlen
und lühlen….!"

Ich sehe auch noch vor mir, wie Fabian in seinem Kinder-
stühlchen saß, mit roten, glühenden Backen und den
Grießbrei löffelte. Und obwohl ich es ihm nicht gezeigt
hatte, begann auch er, Muster in den Brei zu löffeln.
Immer wurde der Brei erst umrundet und der Rand auf-
gegessen, dann zog er gleichmäßige Furchen durch den

Teller und ließ ein Gitter entstehen. Nein, es war nicht das gleiche Muster wie meines gewesen war, aber irgendetwas war wohl genetisch weitervererbt worden. Die letzten Löffel schob er ganz langsam in den Mund, die Müdigkeit übermannte ihn meistens dabei und einmal ist er beim Essen sogar eingeschlafen.

Übrigens: Ab und zu koche ich immer noch Grießbrei – heute allerdings mit gewissem Schaudern, wenn ich an die enthaltenen Kalorien denke! - und dann essen wir Beide, Mutter und Sohn, jeder einen Teller, jeder mit seinem eigenen Muster!

Grießbrei nach Art des Hauses

½ Liter Milch erhitzen
1 Vanillezucker
ca. 60 g Grieß unter Rühren einrieseln lassen
Temperatur zurückdrehen und mit Geduld bei kleiner Temperatur rühren. Dabei aufpassen, dass nichts anbrennt. Wenn der Brei dickflüssig ist, ist der Grießbrei fertig.

Grießbrei auf einen flachen Teller gießen, mit dem Löffel einige Butterflöckchen auf dem Brei verteilen und dann mit Kaba oder anderem Schokogetränkepulverbestreuen.

Mein Vater

An meinen Vater habe ich fast keine Erinnerungen.

Meine Eltern hatten ihre Ehe 1939 in Breslau geschlossen. Hier kamen auch meine beiden Schwestern zur Welt. Doch der Krieg brachte die Familie schon nach wenigen Jahren auseinander. Vater wurde eingezogen, Mutter flüchtete mit den beiden kleinen Kindern nach Österreich. Dort trafen nach vielen Jahren  der Trennung durch den Krieg 1950 erst wieder zusammen. Mein Vater kam aus russischer Kriegsgefangenschaft, meine Mutter und die beiden Töchter lebten inzwischen in Österreich bei der Großmutter. Die meisten Jahre ihrer Ehe hatte meine Mutter alleine verbracht. Obwohl sie nie darüber gesprochen hat, vermute ich, dass ihr Leben inzwischen in geregelten Bahnen verlief. Sie hatte ihre Kinder, inzwischen 8 und 9 Jahre alt, alleine durchgebracht. Die beiden Mädchen kannten den fremden Mann nicht mehr. Kein guter Start für eine Familien-Neugründung.

Ein gemeinsamer Familienurlaub in Vorarlberg sollte die Familie wieder näher zusammenbringen und das Verhältnis der Eltern untereinander und mit den beiden Töchtern klären. Ob sich die Lage wirklich geklärt hatte, ob meine Mutter und mein Vater wirklich ihre gemeinsame Zukunft weiter planten oder nicht – das ganze Geschehen wurde durch mich beeinflusst. Meine Mutter wurde schwanger, ein drittes Kind kündigte sich an und persönliche Wünsche und Interessen wurden dieser neuen Situation untergeordnet. Keine glücklichen Monate für meine Mutter, nehmen wir Geschwister heute an. Meine Schwester erinnert sich noch, dass Mutter oft und viel geweint hat. Von der Schwangerschaft wussten meine Schwestern lange nichts und so konnten sie mein Entstehen erst viel später mit den Tränen in Verbindung bringen. Mutter blieb weiterhin mit den Kindern in Österreich bei ihrer Mutter, bis mein Vater in Deutschland Arbeit und Wohnung hatte. Ich kam an einem Sonntagnachmittag im April 1951 zur Welt. Keine einfache Entbindung, wie mir meine Mutter später erzählte. Obwohl ich kein Wunschkind war, freuten sich alle über mich und ich dankte es ihnen dadurch, dass ich ein freundliches und liebes Baby war. Die ersten Jahre lebte ich in Österreich. Erst mit der ganzen Familie und als meine Mutter und meine Schwestern zu meinem Vater nach Ingolstadt zogen, noch einige Übergangsmonate mit der Großmutter. Die erste Wohnung in meiner neuen Heimat Ingolstadt war winzig: 2 Zimmer und eine

Wohnküche für fünf Personen, später als Oma nachkam waren wir sogar sechs!

Meinen Vater sah ich wenig. Die Arbeit als Textilingenieur in einer Spinnereimaschinenfabrik begann früh morgens um sieben Uhr, um sieben Uhr abends kam er zurück, und auch der Samstag war bis Mittag ein Arbeitstag. Ich erinnere mich an meinen Vater als großen, stillen Mann, der mich gelegentlich auf dem Gepäckträger des Fahrrades mitnahm. An gemeinsames Lachen, Scherzen oder Spielen habe ich keine Erinnerung. Doch die wirtschaftliche Situation verbesserte sich, und 1957 zogen wir in eine große Neubauwohnung um. Mein Schulanfängerfoto ist schon am Balkon aufgenommen, ein Luxus für den damaligen Wohnungsbau.

Im Januar 1959 fuhr mein Vater mit der Bahn auf Kur nach Bad Nauheim. Sein Herz war nicht das Beste, die Kriegsjahre und eine Malariaerkrankung hatten es wohl geschwächt. Doch davon wusste ich als 7-Jährige nichts. Nur, dass der Vater mit dem Koffer verreiste, das war etwas Außergewöhnliches für die damalige Zeit. Nicht viel später kam die Todesnachricht. Telefon hatten wir noch nicht, ich nehme an, dass meine Mutter per Telegramm benachrichtigt wurde. Ich habe für diesen Tag keine Erinnerung an Trauer oder Schmerz um meinen Vater. Aber ich kann immer noch mein Mitleiden nachspüren, das ich meiner Mutter und meinen Schwestern gegenüber empfand. Ich weiß noch, dass sie verzweifelt weinten und die Verzweiflung übertrug sich auch auf mich, obwohl ich nichts von Tod und Trauer wusste. Ich spürte, dass sich unser Leben mit einem Schlag verändert hatte, das es nie wieder so sein würde, wie es gewesen war. Meine kindlichen Versuche, Mutter und Schwestern zu trösten, wurden nicht bemerkt. Und allmählich begann ich zu begreifen.

Wie die nächsten Tage und Wochen verliefen, weiß ich nicht mehr. Doch schon bald wurde mir das Ausmaß der Tragödie klar, das unsere Familie getroffen hatte. Die wirtschaftliche Grundlage unseres bescheidenen Vorwärtskommens war weg, alles änderte sich. Meine Mutter, die keinen Beruf gelernt hatte und inzwischen schon Ende 40 war, musste sich eine Arbeit suchen. In der Firma meines Vaters fand sie eine unterbezahlte, aber sichere Anstellung im Büro. Doch das Leben als Familie war um 180 Grad geändert. Nun war meine Großmutter der Mittelpunkt, sie kochte und sorgte für uns und übernahm die Erziehungsaufgabe. Meine älteste Schwester machte im gleichen Jahr Abitur, das Leben ging weiter. Irgendwie musste das Studium finanziert werden und bereits wenige Jahre später stand fest, dass auch ich, die kleinste, aufs Gymnasium wechseln sollte. Trotz enger Finanzlage wurde uns Kindern die Möglichkeit auf Bildung und Studium nicht verwehrt. Dafür bin ich meiner Mutter noch immer dankbar, denn zu jener Zeit war das keine Selbstverständlichkeit und die Meinung, dass ein Mädchen lieber heiraten und Kinder kriegen sollte, war noch weit verbreitet.

Während ich die Geschichte aufschreibe, empfinde ich Mitleid mit dem fremden Mann, der mein Vater gewesen war. Mitleid mit ihm und Mitleid mit Millionen von Männern, die ihre Familien verlassen mussten, die im Krieg schreckliche Dinge erlebten und als Fremde wiederkamen, und die dann in eine Welt zurückkamen, die sich trotz ihrer Abwesenheit weitergedreht hatte, zu einer Frau, zu der sie keine Beziehung mehr hatten und zu Kindern, die sie als Säuglinge zum letzten Mal gesehen hatten. Mitleid mit Männern, denen es noch schlimmer ergangen war, die ihre Familie nicht mehr fanden oder die bei ihrer Frau einen anderen Mann und Vater für ihre Kinder vorfanden.

Ich bemitleide auch die Frauen dieser Generation, deren Hoffnungen auf ein privates Lebensglück durch den Krieg zerstört wurden, die alleine und nur auf sich gestellt für ihre Kinder sorgen mussten. Frauen, die auch schreckliche Dinge erlebt hatten und die trotzdem stark und mutig sein mussten für ihre Familien und ihre Kinder und Männer.

Eine ganze Genration ging verwundet aus dieser Zeit hervor und schaffte es trotzdem, wieder Beziehungen aufzubauen, Kinder in die Welt zu setzen, nach vorne zu blicken und Hoffnung zu geben.

„Vati" gezeichnet mit 2 Jahren, 8 Monaten

Sprachverwirrung

Meine Kindheit war eingehüllt in den österreichischen Dialekt, den wir zuhause sprachen. Noch heute empfinde ich das Österreichisch, das in Wien oder Niederösterreich gesprochen wird, als heimatliche Klänge. Menschen, die so sprechen, öffne ich meine Ohren und mein Herz besonders schnell. Eine gute Bekannte österreichischer Herkunft, die ich erst in den letzten Jahren kennengelernt habe, spricht auch in diesem vertrauten Singsang und im Gespräch mit ihr fühlte ich mich sofort wohl. Wenn wir heute für ein Wochenende nach Wien fahren, ist es mir immer ein besonderes Erlebnis, in die Klangwelt der Sprache einzutauchen. In einem Kaffeehaus (nicht Café!) bei einem Verlängerten (nicht Kaffee) zu sitzen und einfach nur zu lauschen, das könnte ich stundenlang. Aber heans, gnä Frau…. Bittedanke, gnä Frau! , das klingt in meinen Ohren wie Musik und ich fühle mich sofort heimisch. Das war aber nicht immer so!

Nach dem Umzug nach Ingolstadt und der Einschulung aber war mir der österreichische Dialekt zuwider, ja oft schämte ich mich dafür und manchmal kostete er mich sogar einige Tränen. Mein Wortschatz war geprägt von Wörtern wie Paradeiser, Karfiol, Melanzani, Kohlsprossen, Duchert, Mascherl, Kasten und vielem mehr, was in

Ingolstadt keiner verstand. Überdies hinaus war meine Aussprache dem Bayerischen zwar ähnlich, aber das österreichisch klingende A und Ei konnte ich mir trotz heftiger heimlicher Übungen nicht abgewöhnen.

Ich war kein selbstbewusstes und energisches Kind. Brav zu sein, nicht aufzufallen und von den Erwachsenen deswegen gelobt zu werden, war früher wichtig! Und so muckte ich auch in der Schule nicht auf, wenn die ersten Hänseleien begannen. Schnell fielen den anderen Kindern meine seltsamen Wörter für die vielen Dinge des Alltags auf. Dann bemerkten sie auch, dass mich ihre Hänseleien trafen, dass ich auf ihr Lachen verschreckt reagierte und so forderte ich weiteren Spott heraus. Bald war ich unsicher: Welche Wörter waren nun richtig deutsch? Der April hieß April, in Deutschland wie in Österreich, aber war der Jänner, der Feber, die hießen hier Januar und Februar. Ich erkannte keine Logik hinter den unterschiedlichen Begriffen, wusste nicht, was ich nun unbeschwert sagen und was ich lieber vermeiden sollte.

Ich wurde stiller, meldete mich nicht mehr so oft, hörte aber zu, lernte und merkte mir bald die neuen Wörter. Und ich entdeckte, als der Spott nachließ und mein Selbstvertrauen wuchs. Bald war ich sogar ein wenig stolz darauf, dass ich etwas Besonderes konnte. Nun brachte ich in der Klasse manchmal gern absichtlich meinen besonderen Wortschatz ins Spiel und begann ihn zu erklären. Ich hatte mich „verkühlt" statt erkältet, in der Wohnung hatten wir ein „Kabinett" statt eines Zimmerchens und ich aß zuhause „Ribisel mit Schlagobers" statt Johannisbeeren mit Schlagsahne.

Irgendwann war es so weit, dass ich mich wie ein einheimisches bayerisches Kind fühlte, den bayerischen Wortschatz kannte, die bayerische Sprachfärbung übernahm und kaum jemand meine österreichische Abstammung bemerkte.

Als meine Kinder im Vorschulalter und Grundschulalter waren, wurde das Thema Sprache aber wieder brisant. Meinen beiden Kleinen fiel nämlich auf, dass ich beim Telefonieren mit meiner Mutter – sie wohnte ziemlich weit weg- immer in den vertrauten österreichisch-familiären Slang zurückfiel. Gebannt lauschten sie jedem meiner Worte und ich musste ihnen österreichische Worte beibringen.

Manchmal baten sie mich: „Mama, rede doch mit uns auch so wie du mit Timmi-Oma (so sagten sie zu meiner Mutter!) redest!", aber auf Kommando ging da gar nichts. Es blieb ihnen also nichts weiter übrig, als mich beim Telefonieren zu belauschen oder, wenn meine

Mutter bei uns war oder wir bei ihr, daneben zu sitzen und die Lauscher aufzumachen.

Manchmal übten sie regelrecht „österreichisch", verwendeten ganz bewusst die neuen Wörter und versuchten sich am österreichischen A und Ei, so wie ich es damals in bayerisch geübt habe. Ihre Kenntnisse bezogen sie durchs Lauschen.

Die Faszination auf meine Kinder war so groß, dass mich ihr gebanntes Zuhören störte und ich mich mit dem Telefon schließlich auf ein ungestörtes Plätzchen zurückziehen musste. Meist saß ich auf dem zugeklappten WC-Sitz, um ungestört mit meiner Mutter telefonieren zu können. Draußen vor der Tür saßen zwei Kinder mit vier hellwachen Ohren, um alles mit zukriegen, was da gesprochen wurde.

Meine Kinder sind inzwischen nicht mehr zuhause, meine Mutter ist vor vielen Jahren gestorben. Das Österreichisch-Telefonieren auf der Toilette gehört der Vergangenheit an und ist inzwischen eine bittersüße Erinnerung.

Der große Regen

Meine Kindheit war sehr behütet, manchmal zu sehr behütet. Ich empfand die mütterliche und großmütterliche Fürsorge oft als etwas beengend. Besonders, wenn es um meine Gesundheit ging, schienen mit Mutter und Großmutter überängstlich. Jede kleine Verletzung wurde gleich verbunden. Ein Niesen kündigte einen Infekt an und wurde argwöhnisch beobachtet. Ein bisschen Bauchweh oder einfach mal ein Tag, an dem ich nicht so gut drauf war, schienen Anzeichen irgendeiner Erkrankung zu sein. Mir erschien dies alles übertrieben und ich gewöhnte mir an, kleinere Blessuren oder Wehwehchen gar nicht erst zuhause zu offenbaren.

Die Vorsicht meiner „Eltern", damit meine ich Mutter und Großmutter, erstreckte sich auch auf meine kindlichen Nachmittage. Manche Spiele erschienen ihnen zu gefährlich. Ständig wurde mir gesagt, was ich lassen sollte, da könnte ich mich verletzen, ich könnte herunterfallen oder stürzen. Wilde Spiele lagen mir sowieso nicht, aber das bisschen Abenteuermut, das ich hatte, wurde auf diese Weise noch unterbunden.

Im Sommer 1956, wenn ich mich recht entsinne, passierte dann etwas sehr Außergewöhnliches. Den ganzen Tag schon hatte glühende Hitze auf uns gelastet. Ein Sommertag, der einen lähmte und der sogar uns Kindern die Aktivität raubte. Ein Freibad, der ideale Ort für solche Tage, gab es noch nicht, an der Donau war es zu gefährlich. Jeder verlangsamte seine Tätigkeiten, soweit es möglich war. Wir Kinder saßen unter den Hecken, die den Müll- und Teppichklopfplatz hinter dem Wohnblock umsäumten und tauschten Murmeln. Ein leises Grollen ließ uns aufhorchen.

Schon wurden die ersten Kinder von uns, darunter auch ich, ins Haus gerufen. Jetzt erst fiel mir auf, dass die dürre, gleißend helle Hitze einem schwülen, drückenden Grau gewichen war. Wir verzogen uns und liefen heim.

Meine Großmutter sah besorgt aus dem Fenster. „Des wird aa Wetter geb'n….!" sagte sie. Alle Fenster wurden geschlossen. Meine Mutter barg die Balkonkästen und stellte sie auf den Boden. Ich hing hinter der Fensterscheibe und betrachtete ehrfürchtig das sich anbahnende Gewitter. Blitz und Donner fürchtete ich, aber da draußen herrschte so eine seltsam Stimmung, dass wir alle fasziniert hinaus sahen. Die Sonne war verschwunden, ein dichtes milchiges Gelbgrau überzog den Himmel. Niemand war mehr draußen zu sehen und in der Ferne hörten wir den ersten Donner.

Die Büsche, unter denen wir vor wenigen Minuten noch gespielt hatten, begannen sich im aufkommenden Sturm zu bewegen. Immer stärker wurde der Wind, nun konnte man das Rauschen bereits deutlich hören. Schon zerriss der erste Blitz das Grau des Himmels und es dauerte noch einige Zeit, bis der Donner folgte. Noch waren wir nicht im Zentrum des Unwetters.

Das Rauschen draußen nahm zu, schwoll an und auf einmal prasselte ein dichter schwerer Regen auf den geteerten Wäscheplatz, den wir vom Wohnzimmer aus einsehen konnte. Bald entstanden Pfützen, die riesigen Tropfen bildeten Blasen, die aufsprangen und den ganzen Platz mit sprudelndem Wasser überdeckten. Mit aller Gewalt brach der Regen nun herunter, begleitet von hell zuckenden Blitzen und lautem, sofort folgendem Donner. Auf einmal war es ziemlich dunkel draußen, nur die rasch aufeinander folgenden Blitze erhellten unser Zimmer.

„Schnell!" rief meine Schwester. „Da läuft Wasser rein!" Tatsächlich- die Scheiben konnten die auftreffenden Wassermassen nicht zurückhalten. Unter dem Rahmen trat Wasser ein und sammelte sich am Fensterbrett. Wir rannten um Handtücher, jeder von uns übernahm ein anderes Fenster, um das Schlimmste aufzuhalten. Meine Mutter schob ein Backblech unter den Spalt, durch den

Wasser eindrang, und ich hielt das Backblech fest, so gut ich es eben konnte. Das Unwetter war kurz, aber heftig. Die Wassermassen, die unsere Wohnung überschwemmt hatten, standen auch draußen auf dem geteerten Wäscheplatz und auf den Rasenanlagen. So schnell wie es gekommen war, war es vorbei.

Schräge Sonnenstrahlen, die letzten des Tages, ließen das Wasser auf Gras, Wegen und Plätzen auffunkeln. Meine Mutter und Großmutter waren beschäftigt, das eingedrungene Wasser zu beseitigen und alles zu trocknen. Da sah meine Mutter, dass auf dem Wäscheplatz Kinder liefen, in kurzen Turnhosen spritzten sie sich nass und jauchzten. „Willst du auch raus?" fragte sie mich. Natürlich! Welche Frage! Ich rannte nach unten, die kurze Hose ganz nach oben geschoben, barfuß. Wir panschten durch das Wasser, das lauwarm war und duftete. Es duftete nach Erfrischung, nach Erde und Gras, nach Freiheit! Wir platschten, panschten, spritzten uns voll. Immer mehr Kinder kamen, immer größer wurde der Spaß.

Allmählich verliefen sich die Pfützen auf dem Wäscheplatz. Tropfend nass und glücklich tappte ich wieder zurück in unsere Wohnung. Hier wurde ich abgeduscht und abgerubbelt und dann war es bald Zeit fürs Bett. Dieses Wassererlebnis aber blieb mir in Erinnerung. Niemand hatte mich mit Ermahnungen gebremst, niemand hatte eine Erkältung oder Blasenentzündung prophezeit, niemand hat mir besorgt die Temperatur gefühlt. Ich glaube, meine Mutter hat aus diesem Erlebnis auch ein wenig gelernt, denn mein „Freiheitsradius" wurde nun ständig größer. Ihre Besorgnis war wahrscheinlich nicht geringer, aber sie ließ es mich weniger merken.

In Ingolstadt – beim Spielen

Hitlers Bart

In unserem Mietshaus gab es zwölf Parteien. Wir wohnten im 1. Stockwerk in der Mitte, neben uns ältere Leute, die mich als Kind nicht weiter interessierten. Im Erdgeschoss dagegen lebte eine Familie mit einem gleichaltrigen Mädchen, Monika*, die mit mir zusammen eingeschult wurde. Mit Monika verstand ich mich auch sonst ganz gut und so wurde sie meine erste Freundin. Noch heute weiß ich ihren Geburtstag, den 19. Dezember. Monikas Mutter war eine rundliche fröhliche Frau und so verlebte ich meine Nachmittage mal bei Müllers, mal mit Monika bei uns. Besonders interessant war es bei Monika zur Abendessenzeit, denn da gab es etwas, was mir paradiesisch lecker erschien und was es bei uns nie gab: Fleischsalat und Gummisemmeln. Ich liebte die weichen, fast kugelförmigen, gummiartigen Brötchen, die man zu siebt oder zu zehnt in einem Plastikbeutel verpackt im Lebensmittelladen bekam. Meine Mutter kaufte die Semmeln lieber beim Bäcker, die waren knusprig und viel härter. Deshalb waren die Gummisemmeln für mich der Hit. Manchmal war Monikas Vater ebenfalls zuhause. In meiner Erinnerung ist er ein kleines, dürres Männchen mit dunklen, glatten Haaren und einem Hitlerbart. Adolf Hitler kannte ich damals schon flüchtig. Ich hatte ihn auf Bildern gesehen und ich wusste, dass er ein ganz böser Mensch gewesen war, der den

Krieg verursacht und dadurch viele Menschen getötet hatte. Mein kindliches Hitlerbild übertrug ich beim Anblick des Bärtchens auch auf den Nachbarn. Mir war es, als sei es genau dieses Stückchen Oberlippe, das über andere Menschen Unheil bringen konnte. Ich betrachtete ihn daher mit Schaudern und wunderte mich insgeheim, dass meine Freundin mit einem Kriegsanzettler und Massenmörder zusammen in einer Familie leben konnte.

Es dauerte auch nicht lange, da wurden meine schlimmsten Befürchtungen gegenüber Monikas Vater bestätigt. Eines Nachts hörte ich beim Einschlafen großes Gepolter und Lärm, Schreien, eine Männerstimme brüllte, eine Frauenstimmte kreischte, dann Stille. Am nächsten Morgen, als ich meine Freundin zur Schule abholte und bei ihr klingelte, machte mir ihre Mutter die Türe auf. Sie sah schrecklich aus, denn ein Auge war rot und blau verschwollen. Irgendetwas hielt mich ab, Monika zu fragen. Ich tat, als hätte ich das blaue Auge nicht gesehen. Mittags fragte ich meine Mutter, die Antwort war kurz und ließ alles offen und war in einem Tonfall, der mir weiteres Nachfragen unmöglich machte. Meine Mutter sagte nur: „Ach, das war der Müller…."

Einige Zeit war es wieder ruhig, die Sache mit Monikas Vater ließ mir aber keine Ruhe, Ich lauschte mit größtem

Interesse den Gesprächen zwischen Oma und Mutter, während ich unbeteiligt schrieb oder malte. Und bald hatte ich es auch herausgefunden: Der Müller war ein Trinker und prügelte dann seine Frau! Was ein Trinker war, war mir nur ungefähr bekannt, die einzigen alkoholischen Getränke, die ich kannte, waren Bier und Sekt. Sekt war teuer, das wusste ich, genauso wie ich auch wusste, dass Müllers keines hatten. Also Bier! Am Nachmittag schlich ich in den Keller. Jede Mietspartei hatte einen hölzernen Kellerverschlag, an dem ein Vorhängeschloss hing. Welcher Keller uns gehörte, war klar, die anderen hatten mich bisher noch nie interessiert. Aber nun schon! Mit detektivischer Genauigkeit schaute ich durch die Holzlatten in jeden Verschlag. Und da hatte ich auch gefunden, was ich suchte. In einem Abteil stand eine ganze Kiste Bier. Eine ganze Kiste, das erschien mir so viel, als würde jemand im Kühlschrank einen ganzen Ochsen für den Sonntagsbraten lagern. Unfassbar, dass ein Mensch so viel trinken konnte!

Das Trinkverhalten des Nachbarn steigerte sich, seine Ausfälle wurden immer schlimmer. Da wir das einzige Telefon im Hause hatten, war es zwischen Frau Müller und meiner Mutter vereinbart, dass Mutter die Polizei holen sollte, wenn es ganz schlimm war und sie mit dem Besenstil nach oben an die Decke klopfte oder wenn sie laut schrie. Wir hatten schon einen Fernseher zu dieser

Zeit, aber das Abendprogramm, das uns der Alkoholiker bescherte, war spannender als jeder Krimi. Meine Mutter und meine Oma hingen angstvoll mit dem Ohr am Türrahmen, so konnte man nahezu jedes Wort klar verstehen, was da unten gebrüllt wurde. Auch ich lauschte, obwohl es mir eigentlich verboten war. Manchmal war es wieder ruhig, aber oft musste Mutter auch die Polizei holen.

Die Situation spitzte sich zu, als das Mietshaus wegen irgendwelcher Fassadensanierungen eingerüstet wurde. Nun konnte Monikas Vater nämlich im Alkoholrausch am Gerüst turnen und nach oben klettern. Wir fürchteten seinen Zorn, da wir ja stets die Polizei anriefen. Soviel ich weiß, kam es zu keiner ernsthaften Bedrohung, aber auch der Gedanke, dass vor unseren Augen ein Betrunkener abstürzen könnte, war keinesfalls beruhigend. Für mich war nun einwandfrei bewiesen, dass von dem kleinen Hitlerbärtchen eine Gefahr ausgegangen war.

Irgendwann war Herr Müller verschwunden, „auf Entzug"…. Was das war, davon hatte ich keine Ahnung. Er war viele Wochen lang weg und eines Tages genau so plötzlich wieder da, ruhig und freundlich.

Im Keller stand auch keine Kiste Bier mehr, alles schien geordnet und ging ruhig seinen Weg. Herr Müller blieb einige Jahre trocken, fing dann wieder an zu trinken und verschwand dann endgültig aus meiner Erinnerung.

Mit Monika habe ich nie über ihren Vater gesprochen, ich wollte an nichts Schlimmes rühren. Auch sie hat nie etwas darüber erzählt. Aber sie kam in den schlimmen Zeiten oft zum Spielen zu mir und wir haben dann „Familie" gespielt in Omas Zimmer, Vater, Mutter und Kind. Vielleicht hat sie hier ein bisschen Familie getankt und ihre Erlebnisse ein wenig abbauen können. Monika habe ich später aus den Augen verloren. Wir kamen an verschiedene weiterführende Schulen, dann zog ihre Mutter mit ihr weg. Monikas Geburtstag aber weiß ich immer noch, den 19. Dezember. Was wohl aus ihr geworden ist?

Meine Freundin Monika und ich

*Alle Namen sind geändert, damit die Identität geschützt bleibt.

Vater, Mutter, Kind

Spielen war wohl eine meiner Hauptbeschäftigungen in der Kinderzeit. Intensive Erinnerungen habe ich daran, ich kann es heute noch nachempfinden, wie es ist, in eine andere Welt zu versinken, eine andere Identität anzunehmen, Neues zu erfinden und sich dabei zeitlos zu fühlen. Ich war ein fantasievolles Kind, dachte mir immer etwas aus. Eine Schachtel konnte für mich ein Haus, ein Schiff, ein Bett, eine Schatztruhe, eine Tasche oder ein Tisch sein. Ich bastelte mir kleine Püppchen aus Karton und Papier, die jemand anders wahrscheinlich nicht als solche erkannt hätte, doch für mich waren sie real und echt. Technische Dinge interessierten mich nicht so sehr, ich war ein „richtiges" Mädchen, das Puppen liebte und Familie spielte.

Einem dicken Sofakissen zog ich einen meiner Pullover und eine Strumpfhose an, füllte Arme und Beine mit Handtuchrollen und hatte dann fast schon meine Riesenpuppe fertig. Ein Ball, in einem Ballnetz gefangen und als Kopf an das Kissen gebunden, verlieh ihr noch etwas mehr Realität. Ich setzte meinem Kind noch eine Mütze auf, zog ihm Schuhe an und hatte dann eine ganz besondere Spielgefährtin. Für mich war sie schön und liebenswert, aber meine Schwestern nannten sie nur das

„Monstrum", was mein Mutterherz tief traf. Umso inniger liebte ich mein hässliches Sorgenkind, je mehr es von meinen Geschwistern gehänselt wurde. Wenn ich mich an meine Puppenkinder erinnere, fällt mir auf, dass mir an einer Puppe aus dem Laden, einem ganz tollen Stück, eigentlich gar nichts lag. Meine Kinder waren alt, zerfleddert, zerrupft, kaputtgeliebt oder eben selbst gebastelt.

Natürlich spielte ich nicht immer alleine. Ich freute mich, wenn meine Freundinnen kamen. Am liebsten spielte ich mit Monika, die ein Stockwerk unter mir wohnte. Und unser Lieblingsspiel hieß „Familie". Ein Kinderzimmer hatte ich nicht, so zogen wir uns in Omas Schlafzimmer zurück und richteten uns dort mit viel Fantasie und Chaos ein. Der freie Raum links und rechts des großen Doppelbettes war jeweils eine Wohnung für uns. Das Dach wurde aus Decken gefertigt, die vom Schrank (oder auf der anderen Seite von der Frisierkommode) zum Bett gespannt wurden. Darunter wohnten wir, jede in ihrer eigenen Etagenwohnung. Natürlich wurden da Kissen, Puppensachen, Schuhschachteln als Möbel gebraucht. Aus der Küche holten wir Teller und Besteck und etwas zu essen. Hier wurde gekocht, gespült, getratscht, das Kind geschimpft, die Nachbarin zum Kuchen eingeladen. Hier wurde das Leben der Erwachsenen geübt und geprobt und verarbeitet. Wenn eine die andere besuchte, läutete man an „klingelingeling" – schließlich hatten wir Anstand. Wir sprachen uns mit „Sie" an, ganz erwachsen, und wir redeten über andere, so wie die Nachbarinnen es auch taten, wenn sie im Keller oder Hausflur zusammentrafen. „Haben Sie schon gehört, dass die Frau Müller ….?" „Was Sie nicht sagen, Frau Huber! Wollen Sie nicht ein wenig reinkommen?"

Die Spiele unter dem Schutz der Decken liebte ich. Die Zeit vergaß ich dabei ganz und viel zu schnell hieß es dann für uns: „Aufräumen, die Monika muss jetzt nach Hause gehen!" Ob wir wirklich aufgeräumt haben? Ich kann es mir nicht vorstellen, dass wir dem Chaos selbst Herr geworden sind. Ich bin aber dankbar dafür, dass wir so unbeschwert spielen durften. Es war sicher keine Selbstverständlichkeit, sich im Schlafzimmer so ausbreiten zu dürfen, so viele Gegenstände des Alltags benutzen zu dürfen. Eigentlich kann ich es gar nicht glauben, aber was war wirklich so, und niemand störte unser Spiel oder schimpfte mich wegen der Unordnung, die ich hinterließ.

So geduldig war ich bei meinen eigenen Kindern sicher nicht, es tut mir Leid, wenn ich euch solche Erlebnisse nicht gegönnt habe. Könnt ihr mir das verzeihen? Ich hoffe sehr, ihr habt dafür andere schöne Erinnerungen an eure Kinderzeit.

Windbeutel, Apfelstrudel und Krepiermarsch

War ich wirklich ein so verfressenes Kind? Oder war das Kochen bei uns zuhause einfach besonders wichtig? Wieso drehen sich so viele meine Erinnerungen um das Thema „Essen"? Es ist mir schon fast peinlich, dass mir schon wieder eine Ess-Geschichte einfällt.

Warum kommen keine intellektuellen Erinnerungsfetzen hoch? Museumsbesuche oder Konzerte? Warum keine Erinnerungen an gemeinsame Wanderungen oder Ausflüge? Das gab es wahrscheinlich nicht. Im intellektuellen wie im sportlichen oder musischen Bereich wurde ich nicht gefördert. Ich wuchs ohne Klavierstunden, ohne Tennisverein und ohne Ausstellungsbesuche auf. Meine besonderen Fähigkeiten im Zeichnen fielen wohl auf, wurden aber auch nicht besonders beachtet oder weiter entwickelt.

Meine Erinnerungen drehen sich um den reinen Familienalltag und meistens um Essen, genau wie diese Geschichte auch.

Omas österreichische Mehlspeisen-Kochkünste waren für mich ein besonderes Erlebnis. Ich entsinne mich noch der Apfelstrudeltage, denn da wurde der Wohnzimmertisch abgeräumt und mit einem weißen frisch gebügelten Leinentuch bedeckt. Den Strudelteig hatte Oma schon vorbereitet, eine kleine Teigkugel. Diese wurde geschickt auseinandergewalkt, gedreht und einige Male über beide Fäuste geworfen, so dass eine Art Fladen entstand. Der Teigfladen kam auf die Mitte des bestäubten Tisches und dann wurde der Strudelteig gezogen. Ringsum und immer gleichmäßig. „Der muss so dünn ausgezogen werden, dass man durch den Teig durch die Zeitung lesen kann!" sagte meine Oma. Natürlich lag da keine Zeitung drunter, aber ich verstand den Sinn des Satzes sofort, als ich den ersten fertig ausgezogenen Strudelteig sah.

Manchmal passierte es, dass der Teig riss, dann wurde Oma grantig. Ihre Ehre war verletzt, da passierte einer guten Strudelbäckerin nicht. Außerdem verlor der Teig durch die geflickte Stelle an Elastizität und riss dann mehrmals. Semmelbrösel, Äpfel, Zucker, Butter…. Ach, was weiß ich, wie der Strudel dann gefüllt wurde. Am Ende lag eine riesige Rolle vor uns am Tisch, die U-förmig gebogen am Backblech landete.

Meine liebste Süßspeise aber waren Omas Windbeutel. Die gab es gelegentlich als Mittagessen. Wenn zum Hauptgang noch Suppe übrig war, gab es danach als füllende Nachspeise Windbeutel, gefüllt mit einem schaumigen Vanillepudding. Lecker! Der Tag konnte nicht besser werden, wenn ich mittags die Treppe nach oben

ging und mich Oma an der Tür mit der Mitteilung emp-
fing: „Heute gibt es Windbeutel!".

Nicht alles aber schmeckte mir: Gemüse verursachte
jahrelang Übelkeit, Spinat sogar Brechreiz. Und eines
von Omas Lieblingsessen, den Grenadiermarsch, konnte
ich zwar hinunterwürgen, aber ich hasste ihn. Grenadiermarsch ist ein typisch österreichisch-ungarisches
Gericht aus angerösteten Zwiebeln und Kartoffeln, in die
dann „Fleckerl" (quadratische Nudeln aus selbstgemach-
tem Teig) gemengt wurden. Die Verbindung von Nudeln
und Kartoffeln empfand ich als Beleidigung meiner Ge-
schmacksnerven – und tue es auch heute noch! Der dazu
gereichte Gurkensalat war das einzig Tröstliche an dem
Gericht. Grenadiermarsch kam auf meiner persönlichen
„Hassliste" ziemlich weit oben.

Ich weiß noch, dass es eines Mittags wieder Grenadiermarsch gab. Ich mühte mich tapfer, viel konnte ich nicht
essen, nein – das schmeckte einfach abscheulich. Oma
ermunterte mich zum Essen. Da platzte mir der Kragen
und ich rief: „Oma, das ist kein Grenadiermarsch, das ist
ein Krepiermarsch! Und gleich fall ich tot um!"

Nach dem ersten Erstaunen über meine Wortwahl musste meine Großmutter dann doch lachen, aber nicht ohne

mich zu ermahnen, dass man über Nahrungsmittel keine so bösen Scherze machen dürfe.

Rezept für Grenadiermarsch

4 große Kartoffeln kochen
150 g Nudelteig auswalken und in 2-3 cm große Quadrate schneiden
1 mittelgroße Zwiebel hacken
50 g Bauchfleisch (hell geräuchertes Wammerl) in Würfel schneiden

Bauchfleischwürfel mit Zwiebeln in wenig Fett anschwitzen

In Scheiben geschnittene Kartoffeln und Nudelflecken dazugeben und knusprig braten

Kräftig mit Salz und Pfeffer würzen

Dazu Gurkensalat und/oder Buttermilch

Leichen gucken

Ich hatte keine große Familie. So nahm ich weder an einer Taufe, noch einer Hochzeit, noch einer Beerdigung teil. Die Beerdigung meines Vaters war die erste und für lange Zeit einzige Zeremonie dieser Art, an der ich teilnahm. Ich weiß noch genau, dass ich mir wie in einem Film vorkam. Alles, was um mich herum geschah, fühlte sich nicht real an und ich agierte wie ein Schauspieler in einer Inszenierung. Ich nahm das Weinen meiner Mutter und Geschwister wahr und so traurig mich das zuhause gemacht hatte, hier, am Friedhof schien es mir ganz weit weg.

Es waren eine Menge Leute hier, so schien es mir. Die Nachbarschaft, Kollegen meines Vaters, es hatten sich doch einige Trauergäste eingefunden. Es war Januar und kalt. Die Feier ging vorüber und außer dieser unwirklichen Atmosphäre ist keine Erinnerung mehr an diesen Tag vorhanden.

Das Erlebnis „Tod" muss aber doch einiges in mir verändert haben. Ich weiß noch, dass es unter uns Freundinnen ein Thema wurde. Gruselige Sterbegeschichten von Omas, weitentfernten Tanten und Verwandten wurden erzählt, den Wahrheitsgehalt konnte sowieso niemand überprüfen. Geschichten von einem Onkel, der von einem Pferd tot getreten worden war.... Er sah ja ganz schrecklich aus... Der war kaum mehr zu erkennen! Ja, und bei dem Brand in der Ziegelei, da zog man nachher nur verkohlte Bündel aus dem Schutt, die konnte man gar nicht mehr unterscheiden. Die Cousine von der Frau B. hat sich die Pulsadern aufgeschnitten, die ganze Badewanne war voller Blut, aber die Cousine war ganz weiß und durchsichtig!

Bald war für und Mädchen das Erzählen dieser gruseligen und unheimlichen Totengeschichten nicht mehr genug. Irgendeine von uns kam auf die Idee, auf den Friedhof zu gehen. Da kann man doch nachlesen, wer gestorben ist.

Was erst nur ein vager Gedanke war, wurde bald in die Tat umgesetzt. Wir machten uns auf den Weg zum Friedhof. Uns Schulbuskindern machte es kein Problem, die passende Buslinie zu finden und dorthin zu fahren. Wir waren zu dritt und machten uns gegenseitig Mut.

Dem Friedhof war ein Leichenhaus angeschlossen. Ich habe es als langen Gang in Erinnerung, mit Glasfronten, hinter denen die Särge aufgebahrt waren. Bei Abteilen ohne Sarg war der Vorhang des Glasfensters mit einem lila Vorhang verschlossen. Die Farbe und den Stoff des Vorhangs sehe ich heute noch deutlich vor mir.

Interessant waren für uns allerdings die geöffneten Fenster. Früher war es durchaus üblich, dass die Särge nicht verschlossen in den Schaufenstern standen. Man hatte noch eine direktere Beziehung zum Tod, man sperrte das Gesicht des Todes nicht weg. Meistens waren es alte Menschen, die hier offen aufgebahrt im Sarg lagen. Die Hände waren ordentlich gefaltet und lagen auf der meist weißen Zudecke. Wenn wir uns auf die Zehenspitzen stellten, konnten wir die Gesichter sehen. Meist waren sie eingefallen und bleich. Die ersten toten Menschen habe ich in diesem Leichenhaus gesehen und ich habe sie ziemlich mitleidslos und eher wissenschaftlich interessiert betrachtet.

Ich stellte mir Fragen, die ich allerdings niemandem anvertrauen konnte. Warum waren die Menschen so blass, wenn doch das ganze Blut noch im Körper war? Warum waren die Gesichtszüge so eingefallen und schlaff? Warum hatten manche Leute den Mund offen?

Irgendwann wurde uns das „Leichengucken" unwichtig für uns, etwas anderes hatte unser Interesse geweckt. Zuhause habe ich nie davon erzählt. Ich habe den ersten Umgang mit den Toten seelisch unbeschadet überstanden.

Grundschulerinnerungen

Meine Grundschulzeit verlief wenig ereignisreich. Die Schule forderte mich nicht besonders, es fiel mir leicht zu lernen und so erledigte ich das Thema nach der Devise: Da geht man eben vormittags hin und das war's! Die Hausaufgaben waren schnell gemacht und der Nachmittag gehörte mir.

In meiner Klasse waren viele Kinder, daran erinnere ich mich noch. Und allesamt Mädchen! In der Stadt konnte man sich den „Luxus" erlauben, Mädchen und „Knaben" getrennt zu unterrichten. Bald nach meiner Volksschulzeit wurde dann die „Koedukation" als der Bildungsfortschritt verkauft. Wenn man heute in den Medien davon erfährt, dass der Unterricht in bestimmten Fächern an besonders fortschrittlichen Gymnasien wieder geschlechtsspezifisch erteilt wird, muss ich lächeln: Alles schon mal da gewesen!

Meine Grundschulerinnerungen sind nur wenige. Meiner Lehrerinnen gedenke ich als freundliche und gutmütige Wesen mit Engelsgeduld. Ob sie wirklich so waren?

Intensiver sind meine Erinnerungen an einige der vielen Mitschülerinnen. Meine Banknachbarin, ein stilles und verträgliches Kind mit blondem Pagenkopf, war ein sehr interessantes Mädchen – jedenfalls für mich. Sie hieß Elisabeth und lebte OHNE Eltern und Familie im „Waisenhaus" - sagte sie jedenfalls. Überprüft habe ich das nicht. Aber ich glaubte ihr aufs Wort, denn sie hatte immer selbst gestrickte Pullover und Westen an, ein untrügliches Zeichen für Armut, so sah ich das aus meiner kindlichen Perspektive heraus. Elisabeth hatte auch ungeputzte Zähne. Wenn sie, was nur selten vorkam, lächelte, bemerkte ich an den Zahnhälsen einen dunklen Belag. Ich deutete das ebenfalls als Zeichen für Armut, da sie kein Geld für eine Zahnbürste, Zahnpasta oder einen Zahnarztbesuch hatte.

Mein Mitleid und damit meine Fürsorge für Elisabeth wuchsen bis zu dem Tag, an dem der Schulzahnarzt seinen vorher angekündigten Kontrollbesuch in unserer Klasse machte. An diesem Tag erschien Elisabeth mit nahezu strahlendem Lächeln und brachte mich dadurch schwer ins Grübeln: War sie doch nicht aus dem Waisenhaus und arm? Wieso konnte sie sich plötzlich eine Zahnbürste leisten? Und die brennendste Frage: Wie hatte sie es bloß geschafft, all die Armut so schnell von ihren Zähnen zu bürsten?

Elisabeths Leben regte meine Fantasie nun nicht mehr weiter an und ich vermutete, dass die Geschichte mit dem Waisenhaus einfach erfunden war. Egal- vorbei!

Eine Reihe vor mir saß Luzia. Luzia hatte eine beneidenswerte honigblonde Lockenmähne, doch alles andere an ihr fand ich nicht so anziehend. Sie war dick, blass, träge und unglaublich langsam. Sie bewegte sich langsam, sie sprach langsam (wenn überhaupt!), ja, sie aß sogar langsam. Luzia war kein Kind, mit dem ich Kontakt oder Freundschaft suchte, aber sie drängte sich oft (in meiner Erinnerung viel zu oft, nahezu täglich, aber da muss ich mich irren!) in meine Aufmerksamkeit.

Ich weiß noch ganz genau, dass ich eines Tages unter Luzias Stuhl eine Pfütze sah und ich meldete das sofort der Lehrerin. Vor meinem inneren Auge sehe ich auch noch, dass die Lehrerin Luzia nötigte aufzustehen und mit ihr das Klassenzimmer zu verlassen. Das alles geschah in unglaublicher Langsamkeit, ich sehe die Szene im Zeitlupentempo vor mir: Die Lehrerin, das dicke, mürrische Gesicht, die rotblonde Mähne, die langsamen Bewegungen, den dunklen Fleck auf der Rückseite von Luzias Rock. Einige Male musste ihr auch Schlimmeres passiert sein, denn dann zog ein übler Geruch durchs Zimmer und die Lehrerin öffnete die Fenster.

Irgendwann war Luzia nicht mehr da. Ich war froh, die täglichen Bescherungen und Geruchsbelästigungen nicht mehr miterleben zu müssen. Was aus Luzia wohl geworden ist?

Malstunden

Zu meinen allerersten Erinnerungen gehört die kleine Wohnung in Hollabrunn. Ich erinnere mich an eine Wohnküche, in der man sich auch wusch, ein Wohnzimmer mit Kachelofen und ein Schlafzimmer mit großem Doppelbett und meinem Gitterbett. Das Gitter bestand nicht aus Stäben, sondern war ein Netz, ähnlich wie bei einem Fußballtor, doch mit engen Maschen.

Im Wohnzimmerschrank standen die guten Möbel, die Oma zur Hochzeit bekommen hatte. Im schwarzen Bücherschrank waren hinter den geschliffenen Glasscheiben eine Reihe Tierbücher aufgereiht. „Brehms Tierleben" hießen sie, es waren viele schwere Bände. Manchmal schaute ich mir mit Oma die Bücher an und sie las mir zu den exotischen Tieren etwas vor oder erzählte. Löwen, Tiger, Elefanten, das alles kannte ich nicht. Es gab kein Fernsehen, keinen Zoo, keinen Zirkus. Nur die Geschichten aus den Büchern. Auch Märchen war ich zugetan. Alles, was mir erzählt oder vorgelesen wurde, interessierte mich brennend. Meine Fantasie saugte alles auf.

Nicht immer hatte jemand Zeit für mich. Wenn meine Großmutter was zu tun hatte, war ich mit Büchern, Blättern und Stiften leicht zu beschäftigen. Ziemlich früh begann ich zu zeichnen. Schon als Kind bewies ich beim Kritzeln am Papier große Ausdauer und Geduld. Ich tauchte ein in eine andere Welt, jenseits der Realität, und malte, was mir gefiel, was mich bewegte, was ich verarbeiten musste.

Noch heute geht es mir so, dass Malen einen Ausstieg bedeutet. Für die kurzen Stunden bei der Malerei bin ich weit weg. Das Telefon stört, die Gedanken stehen still.

Meine Liebe zum Malen hat mir mein ganzes Leben Aufwind gegeben.

Als Vorschulkind wurde es mir erstmals bewusst, dass ich etwas gut konnte, besser konnte als andere. Meine beiden Schwestern zeigten stets großes Interesse an meiner Entwicklung. Sie bewunderten meine Kunstwerke und lobten mich. Später erst erfuhr ich, dass sie manches davon aufbewahrten und in einer Art „Schwester-Tagebuch" festhielten.

Als Schulkind fiel ich auf, weil ich meine Hefteinträge mit Bildchen verzierte und dadurch manchen Mangel in Schönschrift aufwiegen konnte.

Die Gymnasialzeit, die schlimmste Zeit in meinem Leben, überstand ich nur in dem Bewusstsein, dass ich zumindest in einem Fach Spitze war. In allen anderen Bereichen trauten mir meine Lehrer nicht viel zu, zu Unrecht, denn ich habe mich trotz der Demütigungen gut bis zum Abitur durchgekämpft.

Im Berufsleben als Lehrerin gelang es mir oftmals, die Kinder durch meine Zeichenkenntnisse zu fesseln, ihre Aufmerksamkeit zu wecken und sie im künstlerischen Bereich zu fördern, ihre Freude und ihre Fähigkeiten zu wecken.

Und in meinem ganz privaten Leben hat es mir immer gut getan, einen Ausgleich zu haben und beim Malen ganz bei mir selbst sein zu können.

Ich wünsche dir, wenn du das liest, auch eine Beschäftigung, ein Tun oder einen Ort, wo du ganz du selbst sein kannst, wo du aus dem Alltag aussteigen kannst und ganz ruhig und stark bist. Das fühlt sich nämlich gut an!

Auch Geschichten aufzuschreiben war ein Ausstieg aus dem Jetzt. Ich hätte nie gedacht, dass mir das Schreiben solche Freude macht. Jede Erinnerung, die ich auskramte, zog fünf andere mit sich. Ich hätte noch lange weiter schreiben können.

Doch ich glaube, auch jeder Leser, der diese rund 90 Seiten geschafft hat, verdient Anerkennung. Danke für deine Ausdauer und danke für dein Interesse.

Kleiner Sprachführer meiner Kinderzeit

Österreich	Deutschland
Paradeiser	Tomaten
Melanzani	Aubergine
Karfiol	Blumenkohl
Erdäpfel	Kartoffeln
Lungenbraten	Lendenbraten
Kohlsprossen	Rosenkohl
Kasten	Schrank
Masche	Schleife
Psyche	Frisierkommode
Patschen	Hausschuhe
baba	Gruß: servus, pfiat di
Kabinett	kleines Zimmer
Kaprizerl	kleines Kissen für das Bett
Stanitzerl	Spitze, gedrehte Tüte
Sackerl	Tüte, Beutel
Jänner	Januar
Feber	Februar
Gössen (Gelsen)	Mücken
Jause	Nachmittagsbrotzeit
Gabelfrühstück	Vormittagsbrotzeit
sekkant	lästig, zudringlich
Trafik	Kiosk, kleines Geschäft
Marillen	Aprikosen
Blunzen	Blutwurst
Matura	Abitur
Leiberl	Hemd, T-Shirt
Stiege	Treppe

Autorenportrait

Edith Anna Polkehn wurde am 22. April 1951 in Hollabrunn/ Niederösterreich geboren. Einige Jahre lebte sie hier, bis die Familie schließlich nach Ingolstadt in Oberbayern umzog. Hier besuchte Grundschule und Gymnasium und studierte schließlich Lehramt.

Die erste Anstellung führte sie nach Gotteszell in Niederbayern und später nach Deggendorf. Hier gründete Edith Anna Polkehn eine Familie und beschäftigte sich mit ihren Leidenschaften Malen und Schreiben nur nebenbei.

Seit einigen Jahren aber ist genug Zeit für die schriftstellerische Arbeit. Es entstanden zahlreiche Kurzgeschichten, die in dem Band „Glückssträhne" zusammengefasst sind. Außerdem schreibt die Autorin gerne Krimis. Momentan arbeitet sie an ihrem ersten Kriminalroman.

Besonders gerne beschäftigt sich Edith Anna Polkehn mit Malerei. Ihre farbenfrohen Werke waren bereits auf zahlreichen Ausstellungen zu sehen.

Wer einen Einblick haben möchte, kann sich auf der Homepage informieren: www.edithpolkehn.de

Layout: Edith Anna Polkehn

Herstellung und Verlag:
BoD – Books on Demand, Norderstedt
ISBN 978-3-7322-9332-2